वह अपना चेहरा

गोविन्द मिश्र

राजकमल पेपरबैक्स

पहला पुस्तकालय संस्करण
अक्षर प्रकाशन प्रा. लि., नई दिल्ली द्वारा
प्रकाशित

राजकमल पेपरबैक्स में
पहला संस्करण : 1985
चौथा संस्करण : 2019

राजकमल पेपरबैक्स : उत्कृष्ट साहित्य के जनसुलभ संस्करण

राजकमल प्रकाशन प्राइवेट लिमिटेड
1-बी, नेताजी सुभाष मार्ग, दरियागंज
नई दिल्ली-110 002
द्वारा प्रकाशित

शाखाएँ : अशोक राजपथ, साइंस कॉलेज के सामने, पटना-800 006
पहली मंजिल, दरबारी बिल्डिंग, महात्मा गांधी मार्ग, इलाहाबाद-211 001
36 ए, शेक्सपियर सरणी, कोलकाता-700 017

वेबसाइट : www.rajkamalprakashan.com
ई-मेल : info@rajkamalprakashan.com

बी.के. ऑफसेट
नवीन शाहदरा, दिल्ली-110 032
द्वारा मुद्रित

मूल्य : ₹ 150

VOH APANA CHEHRA
Novel by Govind Mishra

ISBN : 978-81-267-2759-9

गोविन्द मिश्र

1965 से लगातार और उत्तरोत्तर स्तरीय लेखन के लिए सुविख्यात गोविन्द मिश्र इसका श्रेय अपने खुलेपन को देते हैं। समकालीन कथा–साहित्य में उनकी अपनी अलग पहचान है—एक ऐसी उपस्थिति जो एक सम्पूर्ण साहित्यकार का बोध कराती है, जिसकी वरीयताओं में लेखन सर्वोपरि है, जिसकी चिन्ताएँ समकालीन समाज से उठकर 'पृथ्वी पर मनुष्य' के रहने के सन्दर्भ तक जाती हैं और जिसका लेखन–फलक 'लाल पीली ज़मीन' के खुरदरे यथार्थ, 'तुम्हारी रोशनी में' की कोमलता और काव्यात्मकता, 'धीरसमीरे' की भारतीय परम्परा की खोज, 'हुजूर दरबार' और 'पाँच आँगनोंवाला घर' की इतिहास और अतीत के सन्दर्भ में आज के प्रश्नों की पड़ताल—इन्हें एक साथ समेटे हुए है। कम साहित्यकार होंगे जिनका इतना बड़ा 'रेंज' होगा और जिनके सृजित पात्रों की संख्या ही हज़ार से ऊपर पहुँच रही होगी, जिनकी कहानियों में एक तरफ़ 'कचकौंध' के गँवई गाँव के मास्टर साहब हैं तो 'मायकल लोबो' जैसा आधुनिक पात्र या 'ख़ाक इतिहास' की विदेशी मारिया भी। गोविन्द मिश्र बुन्देलखंड के हैं तो बुन्देली उनका भाषायी आधार है, लेकिन वे उतनी ही आसानी से 'धीरसमीरे' में व्रजभाषा और 'पाँच आँगनोंवाला घर' और 'पगला बाबा' में बनारसी–भोजपुरी में भी सरक जाते हैं। प्राप्त कई पुरस्कारों–सम्मानों में 'पाँच आँगनोंवाला घर' के लिए 1998 का 'व्यास सम्मान', 2008 में 'साहित्य अकादेमी' (केन्द्रीय पुरस्कार), 2011 में 'भारत भारती सम्मान', 2013 का 'सरस्वती सम्मान' विशेष उल्लेखनीय हैं।

प्रकाशित रचनाएँ

उपन्यास : वह अपना चेहरा, उतरती हुई धूप, लाल पीली ज़मीन, हुज़ूर दरबार, तुम्हारी रोशनी में, धीरसमीरे, पाँच आँगनोंवाला घर, फूल...इमारतें और बन्दर, कोहरे में क़ैद रंग, धूल पौधों पर, अरण्यतंत्र; **कहानी :** दस से ऊपर; अन्तिम पाँच—पगला बाबा, आसमान...कितना नीला, हवाबाज़, मुझे बाहर निकालो, नये सिरे से; **सम्पूर्ण कहानियाँ :** निर्झरिणी (दो खंड); **यात्रा–वृत्त :** धुंध–भरी सुर्ख़ी, दरख़्तों के पार...शाम, झूलती जड़ें, परतों के बीच; **निबन्ध :** साहित्य का सन्दर्भ, कथाभूमि, संवाद अनायास, समय और सर्जना, साहित्य, साहित्यकार और प्रेम, सान्निध्य साहित्यकार; **कविता :** ओ प्रकृति माँ!; **बाल–साहित्य :** मास्टर मनसुखराम, कवि के घर में चोर, आदमी का जानवर। **समग्र यात्रा–वृत्त :** रंगों की गंध (दो खंड), चुनी हुई रचनाएँ (तीन खंडों में)।

सम्पर्क : एच.एक्स. 94, ई–7, अरेरा कॉलोनी, भोपाल–462016

संशोधित संस्करण

किसी की रचना का वहाँ तक संशोधन किया जाना चाहिए जहाँ तक उसमें गुंजाइश हो...यह ठीक है। दरअसल सँवारना, तराशना रचना-प्रक्रिया के ही अंग हैं। मैं एक रचना को तब तक काटता-छाँटता, फिर-फिर लिखता रहता हूँ जब तक उस रचना के सन्दर्भ में अपनी सीमाओं को छू नहीं लेता। अपनी सीमाओं के पार जाने की कोशिश...स्वयं को लाँघ जाना...यही सर्जनात्मक प्रक्रिया है।

लेकिन वर्षों पहले लिखी किसी कृति का भी संशोधन किया जा सकता है...इस पर मुझे बराबर संशय रहा। मेरे एक साहित्यकार मित्र का मानना है कि पुरानी पुस्तकों को भी उठा-उठाकर संशोधित किया जाना चाहिए, अगर लेखक को ऐसा महसूस होता है तो। जब भी हम किसी कृति को कुछ वर्षों के अन्तराल पर उठाकर पढ़ेंगे तो उसके संशोधन की जरूरत तो महसूस करेंगे ही, क्योंकि हमारी संवेदना कहाँ से कहाँ आ पहुँची इस बीच...तो फिर अन्त कहाँ होगा? रचना को लिखते समय तो उस बिन्दु पर हम पहुँचते हैं जहाँ लगने लगता है कि अपने बस का अब आगे भी बेहतर और कुछ नहीं है...लेकिन पुरानी कृतियों को समय के अन्तराल के बाद उठाने पर हर बार ही उसमें कुछ करने की गुंजाइश दिखाई देगी। तब हम नया लिखें या पुरानी कृतियों का ही संशोधन करते रहें?

मुझे अपनी पुरानी रचनाओं को पढ़ना ही काफी कष्टप्रद लगता है...उस समय की मानसिकता में फिर से लौटना जैसे अपने किसी प्रिय

शहर को पहले की ही तरह जीने की कोशिश करना! इसमें दो राय नहीं हो सकती कि एक रचना एक खास वक्त की मेरी मानसिकता / संवेदना का प्रतिबिम्ब है और इस दृष्टि से वह अपने में पूर्ण है। उसे संशोधित करने चलना उसकी इस अखंडता को भंग करना होगा, अगर रचना सिर्फ हमारे सचेतन की सृष्टि होती तो शायद यह किया जा सकता था। संशोधित संस्करण में दो तरह की संवेदनाओं के स्वर आ जाएँगे और—यह मानते हुए भी कि संवेदना मूलत: वही रहती है—यह बिलकुल सम्भव है कि अलग-अलग स्वरों की टकराहट भी रचना में जगह-जगह पर दिखने लगे। एकान्विति की जगह उखड़े-उखड़े रंग दिखाई देने लगेंगे। इसलिए मैंने कहानियों को भी नए संस्करणों के लिए देते समय डरते-डरते बहुत ही मामूली रद्दोबदल की है...अब तक।

'वह/अपना चेहरा', जो मेरा पहला प्रकाशित उपन्यास है...उसे करीब पन्द्रह वर्षों के अन्तराल के बाद उठाने पर मुझे इसमें बहुत खामियाँ नजर आईं...लेकिन एक गर्मी, तल्खी...उबाल भी दिखा जिसे मैं आज अगर यही रचना फिर से लिखूँ तो शायद नहीं ला सकूँगा। उबाल ने उपन्यास में जो रास्ता पकड़ा उससे भी आज मैं बहुत सहमत नहीं पाता खुद को...लेकिन उसे छोड़ना गलत लगा मुझे, क्योंकि यह वह क्षेत्र है जिसे मैं—अगर धृष्टता करूँ—'रचना का आत्मिक संसार' कहूँगा। इस संसार को वही रहना चाहिए।

तो संशोधन करते समय मैंने स्वयं को भाषा को सँवारने, कलात्मकता को थोड़ा-बहुत निखारने तक ही सीमित रखा। कथ्य को संशोधित नहीं किया...उसे अपने पुराने रास्ते रहने दिया, सिर्फ अगर कुछ थोड़ा जोड़ने-घटाने से उसी कथ्य में और पैनापन आ जाता है तो यह कर सकते हैं...पर बहुत ही सँभलकर। इस बात का पूरा खतरा होता है कि मेरे भीतर आज का लेखक कल के लेखक पर हावी हो जाए। उसे इस तरह हावी होने का हक यूँ नहीं है कि वही क्या आगे आनेवाले दिनों में ऐसा ही रहनेवाला है?

मैं समझता हूँ कि संशोधन करते समय ऐसी सीमा-रेखा सामने

रखना जरूरी है...तभी तो एक लेखक की कुल रचनाओं में जो विविधता रहती है, वह बनी रह सकती है। फिर भी संशोधन...विशेषकर प्रारम्भिक रचनाओं में किया जाना चाहिए। उबाल को मँजाव का स्पर्श मिल जाएगा और लेखक को यह सन्तोष भी कि वह इस रचना के सन्दर्भ में अपना श्रेष्ठ पाठक को तब न दे सका था तो अब सही।

ऐसा लगता है कि 'वह/अपना चेहरा' अपनी आत्मा को सुरक्षित रखते हुए पहले से बेहतर रचना बन सकी है।

12 दिसम्बर, 1984

—गोविन्द मिश्र

लेखकीय

विद्रोह बहुत बड़ा शब्द है।

बगावत भी बड़ा बैठता है। इन शब्दों के व्यक्तित्व इतने प्रभावशाली हैं कि अक्सर वे विद्रोहियों और बगावत करनेवालों पर भी सवार हो जाते हैं...कि वे फिर शब्दों के वजन से आक्रान्त रहें, उन्हें ही ढोते रहें...जो उनमें एक सहज क्रिया के रूप में था उसे भूल जाएँ।

'आक्रोश' बेहतर है पर इसमें एक खुरचन है जिससे हर शरीफ आदमी कतराता है और हम शरीफ बन बैठते हैं।

तो फिर भड़भड़ाहट...हाँ, एक तरह की भड़भड़ाहट ही, बेमकसद और काफी हद तक बेबुनियाद भी।

किसी आदमी में कोई हरकत या किसी बात पर जो कुछ अन्दर-ही-अन्दर बनना शुरू हो जाती है, हरकतें या बातें जो एक तरह की भन्नाहट पैदा करती हैं उसे देखते ही...जैसे एक कुत्ते को भूँकता देखकर दूसरा भी भूँकना शुरू कर देता है।

ऐसा लगता है कि हमारी निराशा से विद्रोह का एक तेवर आ चिपका है। हमें विद्रोह करने की खुजलाहट अक्सर महसूस होती रहती है पर चूँकि हमारी कुंठा विक्षिप्ति से दंशित है इसलिए हमारी यह भड़भड़ाहट भी लूली है।

विद्रोह की जड़ कुरेदने के चक्कर में जहाँ कहीं भी टकराती और ऊपर आकर फट पड़ती यह भड़भड़ाहट ही है। व्यक्ति विशेष या व्यवस्था बाहरी लक्ष्य हो सकते हैं पर असली लक्ष्य हम अपने खुद हैं और इस

तरह हर बाहर की तरफ दौड़ती हुई लड़ाई सिर्फ अन्दर की तरफ मारती है। पस्त हम स्वयं पड़ते हैं और कभी-कभी तो लड़ाई के दौरान ही वे हरकतें करते चले जाते हैं जिनके खिलाफ हमने जिहाद बोल रखी थी।

—यह इस उपन्यास पर दर्शन थोपने की कोशिश में।

एक बात उस माहौल की भी, जिसका मैं हूँ और जो इन रचनाओं में है। यों तो जिन्दगी भी आदमी को सिर्फ ठस ही बनाती है, पर ठस आदमी का मॉडल फाइलों का अपना अलग है। वे हर नए आगन्तुक की कटनी-छँटनी तत्काल शुरू कर देती हैं। कुछ ताजे गरम नौजवान विद्रोह भी करते हैं पर वह लड़ाई जल्दी ही खत्म हो जाती है और उन्हें 'नॉर्थ' या 'साउथ' ब्लॉक के किसी कमरे में कूलर के सामने ठंडा होने के लिए रख दिया जाता है।

मेरे लिए अजायबघर में रखे पत्थर के टुकड़ों और इन बड़े-बड़े कमरों में बैठे अफसरों में कोई फर्क नहीं है।

चिड़ियाघर के जानवर बेहतर कौम हैं।

आदमी के कतरे से बुत के टुकड़े बनने का यह सिलसिला विद्रोह, आक्रोश और भड़भड़ाहट की लहरों पर चलता है—जब नवागत नौजवान खुद को एक विदेशी कौम के बीच पाता है, जब वह कुछ तोंदों को फाड़ने के मनसूबे बाँधता है और खैर भाग जाने की तो सोचता ही है।

यहाँ मैं फिर वहीं आ पहुँचा हूँ जहाँ से बात शुरू की थी।

फौर्म के बारे में मैं कभी कुछ नहीं सोच सका।

कभी-कभी भारत के मध्यवर्ग की मौजूदा जिन्दगी (और वर्गों के बारे में मैं उतना नहीं जानता) और जेन आस्टेन के उपन्यासों की दुनिया में कोई खास फर्क नहीं लगता। इधर-उधर फैली हुई कई एक स्थितियाँ हैं, एक जैसी ही, जिनके बीच हम अक्सर कोई बोझ उठाए झूलते रहते हैं...इस बोझ को लेकर कुछ फर्क हो सकता है, पर मुश्किल तो यह है कि इसके बारे में भी हम 'सिनिकल' ही होते हैं। और क्या है...लोग हमारे यहाँ आते हैं, हम लोगों के यहाँ चले जाते

हैं...सब कुछ ही सपाट है...कहीं पर विश्वास जमा सकने की ताकत तो हम कब की खो चुके...अब कोई बात तीखेपन से महसूस करने की भी खोते चले जा रहे हैं। हम कुछ नहीं रहे, सिर्फ स्थितियाँ हैं जो हमारा कोई खास कोण, खास रंग, किसी खास क्षण में झलका जाती हैं...और यही कोण और रंग मिलकर हमारा खाका बनाते हैं...इसके अलावा भी हम कुछ हैं इस पर विश्वास कम ही होता है...

अगर इन रचनाओं में भी यही दुनिया आई है तो यह जिए हुए को ही लिखने का एक खतरा है।

और क्या कहा जाए...

—गोविन्द मिश्र

नई दिल्ली
1969

रास्ते में अमरू ने रचना से मिलते चलने को कहा।

मैं 'हाँ-ना' कुछ न कर सका, क्योंकि उस समय मैं उसी की कार में था। मैं इस बड़े शहर में नया हूँ। घर से दफ्तर और दफ्तर से घर के लिए मैं अमरू का साथ पकड़ने की पूरी कोशिश करता हूँ। घर से दफ्तर का फासला खासा है, पैसे बचाने के अलावा अमरू के पीछे लग जाना मुझे बस की धक्कम-धुक्का से भी उबार लेता है। दफ्तर से घर लौटते समय तो और भी अमरू को लिफ्ट की तरह ताका करता हूँ, क्योंकि दिन-भर की थकान से शरीर-मन दोनों के चूल ढीले होते हैं तब। अमरू को पकड़ लिया और उसे कहीं और न जाना हुआ तो बस...मेरी घर पहुँचने की समस्या समाप्त। इसलिए मैं नहीं समझता कि यदि अमरू ने दफ्तर में भी यह बताया होता कि उसे रचना से मिलते हुए जाना है तो मैं उसका साथ छोड़कर बस की लाइन में जा लगता। वैसे भी मैं कोई बात तीव्रता के साथ नहीं सोच पाता। मैं बहुत चाहता हूँ कि कम-से-कम कुछ मौकों पर तो ऐसा किया करूँ, पर हर बार ही फिस्स कर जाता हूँ...मामला ढुल्लमढुल्ल ही बना रहता है, इस चीज के लिए खुद को काफी कोसता भी हूँ...पर उसके आगे कुछ और कर नहीं पाता...

तो मैं तैयार हो गया, मतलब कोई विरोध नहीं किया। अमरू को धीरे से सुझाया जरूर कि वह ऊपर जाकर रचना से मिल आएगा और मैं तब तक इमारत के नीचे ही डोलता रहूँगा, एकाध सिगरेट फूँकूँगा इस बीच...और बस। शायद वह बेहतर भी रहता पर अमरू की एक तेज

'चल यार' में मैं पतंग की तरह कटता चला गया...गोया कि रचना से मिलने का मेरा भी मन हो आया था...जैसे कभी पहले...बहुत पहले हुआ करता था...

वह शुरू जाड़े की एक गुनगुनी सुबह थी। मैं पिछली रात ही ट्रेनिंग कॉलेज पहुँचा था। नोटिस-बोर्ड में कमरा नम्बर देखा जो मेरे नाम 'एलॉट' किया गया था और चौकीदार से खुलवाकर सामान एक कोने में पटक बिस्तर पर जा पड़ा। बेहद थका था...बिस्तर पाते ही सो गया। सबेरे भी नींद थोड़ा देर से खुली, उठते ही तेज भूख महसूस हुई। फौरन तैयार होकर बाहर निकल गया।

जाडे में सिकुड़ा-सिकुड़ा वह छोटा-सा शहर...सूरज की सेंक के लिए जैसे कभी अपने हाथ कभी पैर पसार रहा था। घरों के नाक-नक्श तीखे-तीखे थे, पेड़-पौधों पर जैसे नई उम्र की ताजगी थी। सब कुछ एक स्निग्धता में बँधा दिखता था।

तेज चाल से चलता हुआ मैं सीधा मैस पहुँचा और जाली का दरवाजा तेजी से ढकेलता हुआ अन्दर धँसा। भड़-से आवाज हो बैठी। जितने लोग भीतर की उस लम्बी मेज पर बैठे थे...सभी की नजरें मुझ पर...पता नहीं कितना आवाज की वजह से कितना मेरे नए चेहरे के कारण।

मैं नर्वस हो आया...पानी छूटने लगा, जब देखा कि उन घूरती नजरों में एक लड़की की भी थीं। वहाँ मेज पर...एक जगह...सफेदी का सिमटा-सिमटा एक गुच्छा था, चिकनाहट में आहिस्ता-आहिस्ता हिलता हुआ। सफेदी की गोद में जैसे खेलते हुए रंग-ही-रंग...सफेद कपड़ों के बीच उगा हुआ गोरा-गोरा चेहरा, बेहद चिकना...गोल-गोल...हल्का लाल। दाहिने गाल पर जमकर बैठा एक बड़ा-सा

तिल...गहरा नीला। होंठों पर सुर्ख लिपस्टिक। गोरे रंग पर गहरी-गहरी उछली काली भँवें...नीचे मुक्त मन-सी खुलती हुई आँखें...बड़ी-बड़ी आँखें। मेज पर टिकी नुकीली कुहनियों से वी के आकार में बाँहें ऊपर की तरफ उठी हुई थीं...चिकनी-चिकनी...खूबसूरत। सभी कुछ जैसे सौन्दर्य की शास्त्रीय परिभाषाओं के अनुरूप।

मैं पहले-पहले कोई बेहतर प्रभाव छोड़ना चाहता पर दरवाजा भड़-से बैठ चुका था। मुझे शीशे में अपनी शक्ल देखकर आना चाहिए था, साबुन से मुँह धोकर चेहरे पर थोड़ा ताजगी बिखेर लाता तो...मैं कुछ झेंपा-सा, मेज के एक कोने की तरफ जाने लगा तो उनमें से एक ने वहीं बुला लिया...ठीक रचना के सामने। परिचय हुआ सबसे...उससे भी। रचना ने हल्का-सा मुस्कराते हुए ठेठ राजसी अन्दाज में सिर हिलाया।

एक हाथ में उसने टोस्ट का एक टुकड़ा पकड़ रखा था। मैंने देखा उसकी बाँहें बहुत ही सुन्दर...गोल-गोल थीं...कहना मुश्किल था कि उसका क्या ज्यादा सुन्दर था। शरीर भी...कच्ची अमिया-जैसा फटा पड़ता हुआ...

'हमारे बैच की चीज पसन्द आई।'

रचना के चले जाने के बाद एक ने मुझसे पूछा। वे मेरे सीनियर भले ही रहे हों, मुझे वे बदतमीज लगे। मैंने उनसे एकदम बात नहीं की। चुपचाप नाश्ता खत्म कर बाहर निकल आया।

घास पर फैली ओस की बूँदें सुबह की धूप में झिलमिला रही थीं।

रचना के पास आना तो दूर...उससे बहुत खुल भी नहीं पाया मैं। इसकी एक वजह यह थी कि उसके साथ एक लड़का बराबर लगा रहता था—गोपाल, सुकुमार-सा, काला पर चिकना चेहरा...दक्षिण भारत का था और ऐसा लगता था कि लड़की की जाति से उसकी घनिष्ठता पहली-पहली थी। रचना के साथ वह बेहद कसा हुआ...एकदम चुस्त रहता...कम-से-कम बोलता, कवायदी चाल में रचना के कदम-से-

कदम मिलाकर चलने को कोशिश करता। एकदम अनुशासन में बँधा हुआ वह नाश्ता, लंच या रात के खाने के लिए रचना को उसके कमरे से मैस तक लाता, खाने की मेज पर रचना को कब चीनी या दूध का पौट चाहिए, कब कौन तरकारी...इसका चौकस ध्यान रखता हुआ फटाफट एक-पर-एक चीज रचना की ओर बढ़ाता रहता। रचना दूसरे लड़कों से बात करती होती और बातचीत में हिस्सा लेने के बजाय गोपाल सिर्फ इन्तजाम पर ध्यान रखता। वे लाउंज में आते तो गोपाल का ध्यान पत्रिकाओं में से कौन रचना की तरफ बढ़ाई जाए...इस पर लग जाता। रचना की मौजूदगी में गोपाल हँसता तक नहीं था, रचना को उसके कमरे में दाखिल कराने के बाद ही जैसे उसके हाथ-पैर खुलते थे। कुल मिलाकर गोपाल रचना का साथी कम उसका ए.डी.सी. या चौकीदार ज्यादा लगता था। रचना का तेज भी कुछ इस तरह का था कि मुझे लगता था जो भी उसके करीब आएगा उसे वह गोपाल-जैसा बना डालेगी...इसलिए भी मैं रचना से एक खास दूरी बराबर बनाए रहा।

तभी कॉलेज के एक सांस्कृतिक कार्यक्रम के सिलसिले में एक नाटक के रिहर्सल शुरू हुए। नाटक में मुझे मुख्य भूमिका करना थी—लॉर्ड बर्नर्ड, जो कवि है, बूढ़ा है...अपने अहं और अकेलेपन में कैद जीवन के शेष दिन गुजार रहा है कि उससे मिलने उसकी एक प्रशंसिका—एक मनोविज्ञान की छात्रा आती है...और लड़की से मिलने के दौरान कवि जैसे फिर से अपनी नई अवस्था में आ जाते हैं। लड़की—फैनेला—की भूमिका रचना के हिस्से में आई क्योंकि कॉलेज में कोई दूसरी लड़की थी ही नहीं...वरना भूमिका थोड़ी उल्टी ही थी रचना के लिए। जहाँ जीवन में सब उसके लिए मुग्ध-भाव लिये खड़े रहते वहाँ नाटक में उसे किसी के लिए मुग्धभाव लिये प्रस्तुत होना था। नाटक और जीवन कभी-कभी एक-दूसरे के क्षेत्रों में प्रवेश कर जाते हैं...तो वैसा कुछ हमारे साथ भी हो गया। फिर भी हम बहुत पास नहीं आ पाए। इसकी एक वजह यह भी थी कि रिहर्सलों के दौरान जहाँ मैं वाकई

लॉर्ड बर्नर्ड हो जाता, वहाँ रचना एक किनारे हटकर मुझे जब-तब लथाड़ देती। मैंने गौर किया कि जहाँ एक तरफ रचना में यह गुण था कि जिससे भी बात करती उससे इतना आत्मीय होकर कि सामनेवाला गोते खाता चला जाता, भ्रम भी पाल सकता था कि रचना उसका बहुत खयाल करती है...वहीं उसमें जब-तब डंक मारने की भी जबर्दस्त खूबी थी और डंक भी उसी मौके पर मारा जाता जब सामनेवाला प्रेम की स्निग्धता में सरकने-सरकने को हो रहा हो। कभी सीधी डाँट, कभी कोई व्यंग्य...और कभी उच्चारण पर सिर्फ हँस देना। मैं जब दो-चार बार 'हौस्ट' बोल गया तो एक बार वह झुँझलाकर चिल्लाई...“ओ नो...हौर्स जैसे लगता है...'होस्ट' प्लीज।” ऐसे मौकों पर लॉर्ड बर्नर्ड का सारा अहं एक फिस्स में बाहर निकल जाता और फैनेला फिर रचना हो जाती...वैसे ही आक्रामक, जलती हुई, आस-पास सबको चौंधियाती हुई।

तो रिहर्सलों ने जो सामीप्य सुलभ कराया था वह हमें घनिष्ठ नहीं बना सका...क्योंकि रिहर्सलों के दौरान हमने एक-दूसरे की कमजोरियाँ ही देखीं। मैं हिचकता हुआ दूर ही खड़ा रहा और रचना व्यस्त बनी रही...अपनी सुन्दरता की प्रतीति में व्यस्त, अपने प्रशंसकों के बीच व्यस्त। जहाँ भी वह बैठती...वह मुख्य हो जाती...सब उसी की तरफ ताकते हुए। फिर वही ज्यादा बोलती, बाकी सब मुग्ध-भाव से सुनते हुए। रचना बोलती भी ऐसा सधे-सधे थी कि यह नहीं लगता था कि वह ज्यादा बोल रही है, या वही वह है जो बोले जा रही है, या जो बोल रही है वह बहुत ही साधारण है। जुमले होंठों से चाशनी में डुबोए हुए-से निकलते और सबको मिठास में भिगोते चले जाते। हम जो उसके साथी या जूनियर थे, सिर्फ उन्हीं के बीच वह आकर्षण-केन्द्र हो...ऐसा नहीं था। जहाँ कॉलेज के सीनियर लोग, प्राध्यापक, बाहर से आए विद्वतगण भी होते, रचना इसी तरह छा जाती।

ऐसे-ही-ऐसे रचना और उसके बैचवालों का ट्रेनिंग कॉलेज

छोड़नेवाला दिन आ पहुँचा। उस शाम गाड़ी से रचना और उसके बैच के कुछ अन्य अफसर ट्रेनिंग खत्म कर अपनी-अपनी तैनाती पर जा रहे थे। हम जैसे जिन्हें अभी कुछ दिनों और ट्रेनिंग कॉलेज में ही रहना था...वे उन्हें विदा देने स्टेशन गए थे। मैं इधर-उधर मिलता-जुलता रहा...रचना के अलावा सभी से, जानेवालों के पते वगैरह नोट करता रहा। रचना या कोई भी गौर से मेरी क्रियाओं को उस वक्त देखता तो साफ-साफ इसी नतीजे पर पहुँचता कि मैं रचना से कतरा रहा था। मुझे भी ऐसा ही लग रहा था...कुछ यह भी कि मैं उससे अकेले में मिलूँ और तब जबकि उसके पास कोई न हो। आखिर मैं पहुँचा...जब वह डिब्बे के अन्दर पहुँच चुकी थी। चेयरकारवाला डिब्बा था। मैं उसकी सीट पर हाथ रखे उसके सामने खड़ा रहा। वह अपनी कुर्सी पर बैठी रही। कुछ औपचारिक बातें...मेरी तरफ से बहुत ही सूक्ष्म...जिन्हें वह अपने जवाबों में थोड़ा तान रही थी। बात करते समय उसे गर्दन उठाकर ऊपर देखना पड़ता था।

"दिल्ली की पोस्टिंग तो अच्छी है। सिर्फ आपको मिली—आप खुश हैं न?" मैंने पूछा।

"हाँ, खुश हूँ...पर इसलिए नहीं कि सिर्फ मुझे मिली है। मैं वहाँ अपने ढंग का जीवन जी सकूँगी।"

"कैसे?"

"सांस्कृतिक कार्यक्रम आए-दिन होते रहते हैं, मिलने-जुलनेवाले तरह-तरह के हैं..."

"दोस्त?"

"हाँ, वे भी हैं...फिर जो काम वहाँ करने को मिलेगा वैसा कम जगहों पर...एक्सपीरिएंस अच्छा होगा।"

"शादी?"

वह हँसी और हँसती चली गई...मेरी तरफ देखते हुए। नजरों में आत्मीयता आ लिपटी थी।

"कर लूँगी...जल्दी क्या है..."

जैसे मैं उसे जी भरकर देख लेना चाहता था...पहला मौका था इस तरह अकेले में होने का। वह जा रही थी...इसलिए अवसर भी मुलायम-मुलायम था। वह भी भीतर-भीतर पिघल रही थी...ऐसा दिखता था। जहाँ बात खत्म हो जाती और मैं उसकी आँखों में देखने लग जाता वहाँ वह भी साथ देती...अपनी आँखों में मेरी आँखों को उतरने दे रही थी, बातों में इधर-उधर मुझे बहा नहीं रही थी...जैसा कि वह अमूमन करती।

गाड़ी ने सीटी दी तो मैं जैसे जागा, उतरने के लिए इधर-उधर देखने लगा...

"ओ के, लॉर्ड बर्नर्ड..."

उसने अपना हाथ मेरी तरफ बढ़ा दिया...एक छोटा...खूबसूरत... मुलायम...ताजा-ताजा हाथ मेरे दोनों हाथों की मुट्ठी में थोड़ी देर रिसता रहा। फिर पता नहीं क्या हुआ। मैंने उस सुन्दर पत्ते को झटके से चूम लिया और घबराकर भड़-भड़ नीचे भाग गया, उसकी तरफ देख भी नहीं सका।

नीचे जब तक उसकी सीटवाले काँच को टटोलता गाड़ी सरकने लगी और आगे बढ़ गई। मैं जहाँ भी था...वहीं से हाथ हिलाने लगा...शायद वह देख ही ले।

लॉर्ड बर्नर्ड कहते वक्त उसकी आँखें...मुझे बहुत दिनों तक याद आती रहीं। मैं उसे पत्र लिखने लगा। उसके जवाब आते थे...अच्छे-खासे। वह लम्बे पत्र लिखती थी, गोकि उसकी ज्यादातर बातें उसके अपने काम, परिवार आदि के बारे में ही होती थीं। कौन नाटक या सांस्कृतिक कार्यक्रम उसने इस बीच देखे...इनका जिक्र भी होता था। मुझे वे भरे-भरे लिफाफे,...उस-जैसी सुन्दर लड़की के लिखे हुए...बहुत अच्छे लगते थे। भले ही उनमें मेरे लिए व्यक्त कोई विशेष भावनाएँ न हों, अच्छा वजनी लिफाफा पाकर ही पुलक से भर जाता था मन। एक

बार उसने बर्नर्ड के प्यार-भरे नाम 'बनी' से सम्बोधित किया मुझे...तब मुझे लगा कि आत्मीयता के रास्ते हम एक इंच आगे सरके हैं। मैं उसे फैनेला लिखने लगा था...

शुरू में पत्र जल्दी-जल्दी आए, छोटे से बड़े होते गए और फिर आठ-दस खासे वजनी-वजनी आए...पर फिर वे पतले होते गए और धीरे-धीरे फासला भी बढ़ता गया। मुझे लगा कि जब तक यह पुराना शहर उसे अपनी तरफ घसीटता रहा होगा तभी तक उसे मुझे पत्र लिखने की जरूरत रही होगी। जैसे ही दिल्ली में उसका मन रमा, दोस्त बन गए होंगे...वह यह शहर और मुझे भूल गई। नल का पानी जैसे चुक-चुक बोलते हुए बन्द हो जाता है...वैसे ही हमारा पत्राचार ठप्प पड़ गया और एक सम्बन्ध आकार लेते-लेते रह गया। मैंने ट्रेनिंग खत्म की और एक दूसरे शहर पोस्टिंग पर चला गया। सात सालों बाद जब मेरी भी पोस्टिंग दिल्ली हुई, तब भी रचना दिल्ली में ही थी। वह यहीं रही थी, शुरू से ही, जबकि मैं इस बीच कई तबादले झेल आया था। वह विभाग में एक महत्त्वपूर्ण हस्ती बन गई थी...इतनी जल्दी।

रचना का चेहरा अब उतना चिकना नहीं रहा था, जाड़े में घास की तरह थोड़ा झुराने लगा था लेकिन शोखी और तेवर में कोई कमी नहीं आई थी। जैसे पहले वह पत्रों में कभी-कभार जिक्र किया करती थी...वैसे ही बातचीत में अब भी उसके मुँह से निकल जाता कि फलाँ उसके साथ शादी करने को कितना लालायित है, फलाँ तो बाकायदा दहेज और उसमें भी कार वगैरह देने को तैयार है। यह जरूर पता नहीं चलता था कि आखिर क्या था जिसके लिए वह इतने ज्यादा रिश्ते छोड़े चली जा रही थी...जबकि उसकी उम्र भी तेजी सें सरक रही थी। कुछ कुरेदो तो—'कर लूँगी...जल्दी क्या है...' ऐसा कुछ कहकर ही टाल जाती। पता नहीं मैं कितना सही था पर जो मुझे लगता था वह यह था कि रचना को कहीं से डर था कि शादी करने के बाद वह एक मामूली गृहस्थिन बन एक किनारे पड़ जाएगी। किले पर किले फतह करते चले

जाना, लोगों को पास खींचना, खींचकर झटके से छोड़ देना कि वे बिलबिलाते रह जाएँ...यह शक्ति, रूप की इस शक्ति का इस्तेमाल फिर वह नहीं कर सकेगी। उसके लिए ये सुख विवाह की सुख-सुरक्षा से कहीं ज्यादा अर्थ रखते थे।

एक बहुत बारीक कोशिश हममें उगी...फिर से 'बनी—फैनेला' बन जाने की। कोई बाधा भी नहीं थी, सिवाय इसके कि अब हम उतना ताजे नहीं रहे थे और उस छोटे-से कस्बे की निश्चिन्तता की बजाय अब बड़े शहर की भड़-भड़ के बीच थे...जो हमारे मन की कुलबुलाहटों को लगातार फाड़ती रहती...फिर भी थोड़ी-सी संकल्प-शक्ति से हम फिर शुरू हो सकते थे...वहीं से जहाँ हमने छोड़ा था। हम दोनों को ही पढ़ने और सांस्कृतिक चीजों से गहरी दिलचस्पी थी...इसके इर्द-गिर्द हम एक सुन्दर, काफी दिनों चलनेवाला...अर्थपूर्ण सम्बन्ध बना सकते थे जिसकी तह में शारीरिक आकर्षण भले ही रहा होता लेकिन वही अथ और इति नहीं, जहाँ आत्मीयता हमें आत्मिक की ओर भी ले जा सकती थी। हम दोनों में ही ऐसे किसी सम्बन्ध की प्यास भी थी। कभी-कभी उस तरह की झीनी-झीनी कशिश पनपती भी दिखती हमारे बीच लेकिन रचना की जो डंक मारने की आदत थी उससे मेरी उदासीनता मुझे और गहरे से लपेट लेती। बजाय इसके कि मैं यह मानकर चलता कि रचना की वह आदत ही थी, इससे ज्यादा कुछ नहीं...मैं इस बात को लेकर कुढ़ने बैठ जाता, उदासीनता मुझे और गहरे लपेट लेती और मैं उससे सम्बन्ध खत्म करने की सोचने लगता...ऐसे में यह भी भूल जाता कि दरअसल हमारे बीच सम्बन्ध-जैसी चीज कोई बन ही नहीं सकी थी अब तक। दिल्ली आने पर पहली-दूसरी बैठक में ही मैं उसे अकेला पाकर फैनेला कहने लगा था, जब चलने को होता तो 'बाय फैनेला' कहता था। वह मुस्कुराते हुए उसे स्वीकार करती थी। एकदम लॉर्ड बर्नर्ड बनने के चक्कर में मैं कुछ कविता-कहानी लिखने भी लगा था। अपनी लेखक वाली तस्वीर दबे-दबे रचना के सामने उजागर भी

करता होता था, क्योंकि मुझे विश्वास था कि मेरे व्यक्तित्व का यह पहलू हमारे बीच आत्मीयता बनाने में बहुत मदद करेगा। शुरू-शुरू में उसने मेरे लिखनेवाले अभियानों के बारे में बड़े उत्साह से सुना, लेकिन इसी क्रम में एक दिन बातचीत बहस में खिंच गई और रचना मुझे लथाड़ बैठी—"कुछ लोग अपने को जीनियस मान बैठते हैं, अपने सारे तौर-तरीके जीनियस-जैसे ही करने लगते हैं। तब उन्हें यह भी पता नहीं रहता कि दरअसल वे एक साधारण आदमी से भी गए-गुजरे हैं। हिपोक्रिसी...दिखावा की सबसे बड़ी मिसाल ये जीनियस ही हैं..." कहते हुए रचना का चेहरा खास कर्कश हो आया था। सामनेवाले की कोई विशेषता पनपने दे ताकि उसमें बराबरी का कोई सम्बन्ध बनाने का आत्मविश्वास जागे...यह धीरज रचना में नहीं था। जहाँ कोई विशेषता उससे ऊपर जाती दिखी कि घसीटकर वह वहीं सबके सामने कुचलकर रख देती थी। इसे प्रकृति का रहस्य ही कहेंगे कि सुन्दर स्त्रियाँ कोमलता जिनका अभिन्न हिस्सा होती हैं—उनमें यह निष्ठुरता ज्यादातर देखने को मिलती है।

उस दिन के बाद रचना से मिलने का उत्साह अपने भीतर मैं सँजो नहीं पाया था। आज जब अमरू ने कहा तब भी इसलिए हिचकिचा गया। शायद हिचकिचाहट से भी आगे की चीज थी वह...उदासीनता।

रचना का दफ्तर खाली था क्योंकि सवा पाँच हो चुके थे, और सरकारी दफ्तरों से लोग-बाग वक्त के कुछ पहले ही निकल पड़ते हैं ताकि बसों की क्यू में आगे खड़े हो सकें। लिफ्ट भी बन्द थे, इसलिए सीढ़ियाँ पकड़नी पड़ीं। मैंने सोचा अमरू से पूछूँ—'वह इस वक्त मिलेगी भी, फोन किया था या नहीं?' पर मैं हाँफ रहा था तब और वह अपनी लम्बी-लम्बी टाँगों की वजह से कुछ मुझसे आगे ही

था। पीछे से पुकारने का मेरा मन नहीं था...फिर वह हर हालत में ऊपर तो जाएगा ही देखने, इसलिए मैं सिर्फ उसके पीछे घिसटता रह सकता था, फिलहाल।

रचना अपने कमरे में नहीं थी।

वहाँ केशवदास बैठा हुआ था। हमारे विभाग का एक महत्त्वपूर्ण अफसर। उम्र छप्पन के पार। जितना वजनदार पद उतना ही भारी-भरकम शरीर। लम्बे-चौड़े पठान की काठी थी वह...कसी हुई होती तो आकर्षक लगती। फसर-फसर था...ढीली बँधी किसी मोटी गठरी-सा...कुछ इधर निकलता, कुछ उधर बहता हुआ...करीब-करीब भद्दा। हम दोनों ही उसे जानते थे। मैं तो खासा घनिष्ठ था, पर तब उस जगह तिरछी मेज पर कागजों के ऊपर झुका हुआ वह मुझे भी अजनबी ही लगा।

हम जानते थे कि वह सेक्रेटेरियट के मुख्य भवन में बैठता था और उसके तब वहाँ होने की कल्पना हमने नहीं की थी। कुछ उड़ते हुए किस्से जरूर थे—रचना और उसके सम्बन्ध काफी करीब के बताए जाते थे। रचना को हर उम्दा तैनाती वक्त से पहले ही मिलती चली गई थी...इसके पीछे जो राज था वह उसका केशवदास से सम्बन्ध बताया जाता था।

मैंने उन बातों को कुछ बेबुनियाद खबरों से ज्यादा तरजीह नहीं दी थी क्योंकि जिस भवन में हम काम करते थे वहाँ खबरें बस ऐसे ही उड़ जाया करती थीं! वे कहाँ से उठती थीं या कि उड़ बैठती थीं बस, ऐसे ही—यह कोई नहीं जानता था। बाद में 'अगर ऐसा है भी तो मुझे क्या' सोचकर मैं उन किस्सों से अलग हो गया था—केशवदास से मेरे सम्बन्ध रचना के बावजूद थे और वे जिस हद तक थे, ठीक थे। रचना से मेरे सम्बन्ध सिर्फ नाममात्र के रह गए थे। 'दोस्त' से उतरकर सिर्फ 'परिचित' के रह गए थे और मैं उन्हें और नहीं बिगाड़ना चाहता था...

अमरू हिचका, बाहर आया, रचना का नाम उसने फिर बोर्ड पर

पढ़ा और कुछ अचकचाकर मेरी तरफ देखने लगा।

"आइए...आइए..."

केशवदास ने हमें देख लिया था और जैसे ही हम भागने को हुए, पीछे से हमें बुलाया। उसकी जगह कोई और होता तो जरूर हिचकिचाया होता उस स्थिति में, टालने की कोशिश करता और बहुत सम्भव था, हम थोड़ी इधर-उधर ताक-झाँक कर चले भी गए होते। लेकिन केशवदास ऐसा नहीं था, यह मैं जानता था। वह उस तरह के सभ्य-सभ्य व्यवहार के लिए कुछ ज्यादा ही अक्खड़ था।

"क्या रचनाजी.. ?"

अमरू ने हामी भरी, मैं पीछे ही बना रहा।

"बैठिए, वे अभी आती हैं..."

हम बैठ गए। केशवदास अपने कागजों पर झुक गया, जब-कब मेरी तरफ देख बैठता था, कागजों से सिर उठाकर। तब मुझे ऐसा लगता जैसे वह देखता नहीं था, घूरता था—जैसे उसने मुझे कोई गलत काम करते हुए पकड़ लिया हो। उन्हीं नजरों से वह बात को साधारण-सी बात की तरह टालता भी दिखता उसी क्षण। वह अमरू को नहीं जानता था, मैंने परिचय कराया। हाथ मिलाने के बाद केशवदास ने एक सिगरेट सुलगा ली और अपना गोल्ड-फ्लैक का पैकेट मेरी तरफ भी बढ़ा दिया।

"थैंक्स, मेरे पास है..."

"यहाँ आप मेरी पीजिए।"

उसने मेरे विल्स के पैकेट को कुछ इस तरह हिकारत-भरी नजरों से देखा कि मुझे लगा कि मैं उससे पहली बार मिल रहा हूँ। उसके साथ मेरी इतने दिनों की अनौपचारिक घनिष्ठता एक फूँक में बह गई थी। वह अपने दफ्तर में इस कदर औपचारिक हो बैठता तो और बात थी। रचना के कमरे में वह इस तरह का क्या दिखाता है...उसका सिगरेट का पैकेट इस तरह फेंक देना जो इसके घर में अच्छा लगता यहाँ गड़ रहा

था...पर तब मैं कुछ और सोचने लग गया—कि चीजों का स्तर, उनका दाम अनायास ही बैठा जाता है, वरना मैं अच्छी तरह जानता हूँ कि कम-से-कम सिगरेटों में हर की अपनी जगह है। चारमीनार में जो एक खास किस्म का तीखापन होता है, उसमें बुद्धिवादियों और क्रान्तिकारियों के पैनेपन का अहसास भी स्वत: छिपा होता है फिर भी उसे लोग भुखमरी और बेकारी से जोड़ देते हैं...

वह शायद यह जताना चाहता था कि वह हमसे बड़ा अफसर है।

"मैं 'रिफोर्मर्स कमीशन' का एक 'चैप्टर' लिख रहा हूँ जो इस विभाग से ताल्लुक रखता है..."

वह अमरू को बताने लगा। पता नहीं वहाँ अपनी उपस्थिति की वजह बता रहा था या अपनी धाक बैठाने में लगा हुआ था।

"इस विभाग के अफसर की स्थिति जाल में फँसी मकड़ी-जैसी है—इस तरफ पब्लिक, इधर उसका स्टाफ उसे हमेशा टँगड़ी मार देने के चक्कर में, इधर सी.बी.आई. उसकी हर चीज को शक से देखता हुआ, इधर कमिश्नर—एक खास खुशामद की उम्मीद करता हुआ...इधर से बोर्ड उस पर हिदायतें पर हिदायतें लादता हुआ..."

वह एक कागज पर जालानुमा कोई खाका बनाता जा रहा था। मैंने देखा उसकी लिखावट छोटी और काफी गिचपिच थी, लिखावट से उसके भारी-भरकम शरीर का अन्दाजा लग सकता था। मुझे अपना पहला सहकारी याद आया जिसने मेरे हस्ताक्षर देखकर ही मेरा खाका खींच डाला था, मुझे देखने से पहले ही। शायद मोटे लोग अपने शरीर से आक्रान्त रहते होंगे, इसलिए हमेशा छोटा लिखते होंगे—गिचपिच। वह तिकड़मी तो नहीं था...मैंने कोशिश छोड़ दी, क्या पता वह बस यों ही खींचे जा रहा हो या सचमुच अपने अध्याय के बारे में सोच रहा हो।

उसकी उँगलियाँ काँपती थीं.. अजीब बात थी कि मैंने यह पहले कभी गौर नहीं किया था...हो सकता है आज वे ज्यादा ही काँप रही हों, इसलिए मुझे अलग दिखाई दे रही हों।

वे काँपती थीं, सिगरेट पीते वक्त और भी...एक अजीब ढंग से...जैसे पार्किंसंस डिजीज के मरीज की काँपती हैं। इससे उसके इर्द-गिर्द एक भद्दापन फैलता था। मुझे उबास आने लगी, अमरू की तरफ देखा। अमरू उसे कुछ मुस्कराते हुए, कुछ प्रशंसा-भाव से देखे जा रहा था, पहली मुलाकात में ही प्रभावित कर जाने के चक्कर में होगा! ऐसे पोज़ में मैं भी अमरू-जैसा ही मूर्ख दिखता हूँगा, पर यह हमारे यहाँ का आम 'पोज' है...

रचना को कमरे में घुसते हुए सबसे पहले मैंने देखा क्योंकि मैं ही इधर बैठा था और फिलहाल उनकी बातों से तटस्थ था। वह बड़े ही स्वाभाविक ढंग से अन्दर घुसी थी पर हमें वहाँ देखकर एकाएक ही ठिठक गई। तभी उसके चेहरे पर एक कालिख दौड़ गई...वह कालिख—हल्की-सी स्याही कहना ठीक होगा—बड़े ही साफ ढंग से चेहरे को धुँधला बनाती उठी और चेहरे-भर में फैलती चली गई। अमरू ने भी देखा होगा। रचना भी उस कालिख के प्रति थोड़ा सचेत दिखाई दी...तभी वह जल्दी ही एक 'हलो' हमारी तरफ उछालकर मेरे बगल में पड़ी एक खाली कुर्सी पर बैठ गई। खड़ी रहती तो उसे ज्यादा ही गौर से देखा जाता, वह तेजी से कमरे में पहले से ही बिछे माहौल का हिस्सा बन जाना चाहती थी।

''मैं आपके मेहमानों को रोके रहा, आपको धन्यवाद तो देना चाहिए।'' केशवदास ने रचना से कहा।

''थैंक्स।''

हम सभी हँसे, ड्राइंगरूमवाली हँसी। पता नहीं वह व्यंग्य था या सिर्फ वह जो लगता था। फिर केशवदास आगे चल पड़ा, अमरू उसे पूर्ववत् बहुत ही ध्यान से सुन रहा या। मुझे उसकी बातों में कोई ऐसी खासियत नहीं नजर आ रही थी।

रचना तब मुझे बेहद छोटी लगी। मैंने उसे पहले कभी इस तरह सिकुड़ा हुआ नहीं देखा था। हर जगह वही केन्द्रबिन्दु होती थी, बीच में

दीपशिखा-सी जलती हुई...उजली-उजली...बाकी सब धुँधलाए हुए। यहाँ मामला उलटा था...केन्द्रबिन्दु वह धमधूसर बना था...देखने में करीब-करीब कुरूप...खूसट। रचना का चेहरा अब उतना काला नहीं रह गया था, पर धूप में झुलसे हुए चेहरे का रंग अब भी तैर रहा था वहाँ।

"मैं इन्हें इस विभाग के अफसरों की तंग स्थिति बता रहा था," केशवदास रचना की तरफ मुखातिब होकर बोला, "अब इस विभाग में शुक्ला-जैसे भी हैं—होशियार, हालाँकि बहुत होशियार नहीं..."

वह हँसा, अमरू और रचना ने भी उसका साथ दिया। अपना नाम सुनकर मैं जैसे जागा, एकाएक ही कमरे की और बातों से जोड़ दिया गया था, जैसे डिब्बों को जोड़ा जाता है, झटके से, कुछ टकराते हुए। मैं इतना अलग-थलग था अब तक...अमरू की तरह उसकी बातें नहीं सुनी थीं...शायद इसी से कुढ़कर मथुरादास ने यह बात कही थी...

इसकी क्या वजह हो सकती है, यह किसी और वक्त का सवाल बन चुका था...मैं तनाव से भर आया, कुछ कहने भी जा रहा था पर शायद वह तैयार था और आगे कुछ ज्यादा ही जोर से बोलता गया, मुझे 'शटअप'-सा कहते हुए। मेरा मुँह बन्द कर वह फिर अपने प्रसंग पर उतर आया था। उसके हिसाब से मेरे लिए फिलहाल उतना काफी था। उसका निशाना सही जगह बैठा था। मुझे रचना से कोई खास उम्मीद नहीं थी, पर अमरू का रुख मुझे साफ-साफ खराब लगा। आखिर वह था जो मुझे यहाँ लाया था...और वह लपककर केशवदास की तरफ हो गया। इसीलिए तो अफसरों को भँडुआ कौम कहते हैं। मैं अकेला महसूस कर रहा था, पर तभी बाहर चले जाना भी अपमान ढोना ही था। स्थिति उतनी सामान्य वाकई नहीं थी जितनी मैंने लेने की कोशिश की थी कुछ देर पहले...

कहीं से वह असामान्य केशवदास के लिए भी थी क्योंकि मैंने उसे इतना उत्तेजित कभी नहीं देखा था। वह बेहद होशियार, दिमागदार,

स्मार्ट और सभी कुछ दिखने की जोरदार कोशिश किए जा रहा था। मैं नहीं समझता कि वह अपने ऑफिस में मुझे या किसी को इस तरह जलील करता। सब कुछ एक औरत की मौजूदगी से प्रभावित दिख रहा था। पहले उसकी प्रतीक्षा की मौजूदगी और अब साक्षात् उसकी...

या तो केशवदास को अपने एकान्त में खलल बेहद खराब लगा था और वह ऐसी किसी और कोशिश को आगे आनेवाले दिनों के लिए बन्द कर देना चाहता था...या वह मुझे अपना प्रतिद्वन्द्वी महसूस कर बैठा था। अमरू और मैं दोनों में से मुझ पर ही यह रोल ज्यादा अच्छा और आसानी से थुपता था...क्योंकि अमरू एक सीधा-सादा लड़का था और दिखता भी था। अगर हमें केशवदास की वहाँ उपस्थिति से कोई भ्रम होता था तो केशवदास को मेरे आने पर तो और भी ज्यादा हो सकता था।

केशवदास जोर-जोर से बात किए जा रहा था। मुझे लगा जैसे वह अपनी उम्र के फासले को पाटने की कोशिश में पत्थर-पर-पत्थर फेंक रहा है। साधारणतः वह इतना बातूनी नहीं था क्योंकि बहुत बोलने में उसे तकलीफ होती थी। बात करते समय उसका पेट भी हिलता था। मुझे उसकी हरकत किशोरों-जैसी लगी।

"बहुत बुद्धिमान तो सरकारी अफसरों में शायद ही कोई होगा। जो लड़के होते भी हैं वे यहाँ आकर मामूली हो जाते हैं..."

मैंने प्रसंग से कटकर भी एक बार भभका छोड़ ही दिया। कहीं से ऐसा लग रहा था कि जवाब में मुझे भी एक पत्थर चलाना है।

वह बात कुछ कुचली हुई ही निकली और उसमें वह असर नहीं था जो तब होता अगर मैंने फौरन तभी प्रतिकार में उसे उगला होता। उस बात का वक्त गुजर चुका था और मुझे स्वयं कुछ ऐसा महसूस हुआ जैसे मैंने कोई मरा बच्चा पैदा किया हो।

रचना को कहीं से प्रभावित करने का इरादा मेरा कतई नहीं था फिर भी कुछ वैसा हो गया। यह तय है कि यदि वह मौजूद न रही होती

तो मैं शायद चुप ही लगा जाता क्योंकि अपने अफसरों के आगे 'ही-ही' करते रहना बड़ी तेजी से मेरी भी आदत बनती जा रही थी। केशवदास घर में मुझे लात भी जमाता तो भी उसे मैं अपना चाचा ही कहता—मैं अतिशयोक्ति में नहीं पड़ रहा हूँ। यह वह आम बेवकूफी है जिसमें हम अफसर साँस लेते हैं। महत्वाकांक्षा और अफसरी दो एकदम विरोधी बातें हैं पर जहाँ महत्त्वाकांक्षा की सड़ी जड़ भी कहीं रह जाती है तो जहाँ से कुछ उम्मीद होती है उनके सामने हम औरत-आदमी क्या होते हैं...इन दोनों के उदाहरण तब वहाँ मौजूद थे—रचना और मैं, अमरू भी।

रचना की उपस्थिति-मात्र ने मुझे भी उत्तेजित करके उसी स्तर पर ला पटका जहाँ केशवदास था...मुझे अपनी बात के भोंडेपन का अहसास उसे उगलते ही हो गया।

जैसी कि उम्मीद थी, उसने बात को एक किनारे धकेलकर ही काट दिया और अपने प्रसंग पर आगे बढ़ता गया—जैसे कक्षाओं में अक्सर एक कुशल अध्यापक बगावती छात्र के किसी असुविधाजनक प्रश्न को टाल जाता है। मैं कमजोर था क्योंकि उस वृत्त में तब वह मुख्य व्यक्ति बना बीच की बड़ी कुर्सी पर बैठा हुआ था।

चाय आई, तो रचना आप-से-आप बनाने लग गई। मुझे उसमें उसका और भी छोटा होना दिखाई दिया। जरूर उसकी आदत पड़ गई होगी वरना उस-जैसी गर्वीली और मैनर्स पर जोर देनेवाली लड़की जरूर केशवदास के चाय बनाने के आग्रह का इन्तजार करती, मुझे तब वह केशवदास की 'मेड' लगी और उसी खयाल में मैं आगे के कुछ क्षणों काफी भुनभुनाते हुए हँसता रहा।

चाय खत्म करते-करते साढ़े छह बज गए। मुझे अमरू पर चिढ़ हो रही थी कि वह क्यों नहीं उठ रहा...और उधर से कोई उठनेवाला दिखता नहीं था, केशवदास तो नहीं ही। और जब तक केशवदास न उठे, रचना कैसे उठ सकती थी।

अमरू ने मौका पाकर एक कागज रचना की तरफ बढ़ा दिया।

"अच्छा वो...थैंक्स ए लॉट..."

उस कागज को रचना ने पर्स में डाल लिया, यों दिखाते हुए जैसे वह कोई दफ्तर का कागज था। हो सकता है रहा भी हो पर कुछ ऐसा जरूर था जिसे वह किसी के सामने नहीं रखना चाहती थी। केशवदास के भी आगे नहीं...और अमरू भी हमारे सामने सब कुछ साफ-साफ कहकर नहीं दे सकता था।

केशवदास कुछ अनमना हो आया था क्योंकि उसका धारा-प्रवाह भाषण थोड़ा रुका था। मुझे अच्छा लगा।

"चला जाए..." मैंने कुछ हिलते हुए कहा।

"हाँ, चलो..." अमरू बोला।

"जाएँगे...ओ के..."

केशवदास रोकेगा यह उम्मीद कभी नहीं थी, लेकिन उसे कोई रिपोर्ट आज ही भेजनी है, ऐसा कुछ कहकर वह अकेले में रचना के साथ बैठने की सफाई देगा, मैं ऐसी उम्मीद जरूर करता था। उसने वैसा कुछ नहीं कहा, शायद वह जरूरत नहीं महसूस करता था। लेकिन उसके भी आगे बढ़कर जिस ढंग से उसने हमें एकाएक और खासी बेरुखी के साथ रुख्सत किया...जैसे कोई आपकी अपील बगैर सुने ही खारिज कर दे, एकदम तानाशाही ढंग से...कि मुझे लगा कि केशवदास ने हमें धक्के मारकर बाहर निकाल दिया है क्योंकि हम उसके प्रतिद्वन्द्वी बनने चले थे।

अमरू की 'विश' का जवाब देते समय रचना की आँखों में मजबूरी का रंग उतर आया था, जैसे कोई कैदी छुट्टी पा जानेवाले अपने साथी को देखता है। मुझे लगा कि रचना आना अमरू के साथ चाहती थी, लेकिन छिंकी हुई बैठी थी। जिस महिला में अपने मन के करने का आत्मविश्वास बराबर रहा हो, वैसी आदत भी शुरू से रही हो...उसकी ऐसी क्या मजबूरी हो गई! ठीक है केशवदास उम्र में बड़ा था, बड़ा

अफसर था...तो लिहाज तो समझ में आता था...लेकिन वह बेबसी का भाव और वह भी रचना-जैसी लड़की में...मेरा सिर चकरा रहा था।

"मक्कार साला! अब खाली ऑफिस में बैठकर मजे करेगा नौ बजे तक..." कहते हुए अमरू ने सड़क पर उतरते ही एक बड़ी पिच्च थूक डाली।

केशवदास से मेरी पहली मुलाकात लखनऊ में हुई थी।

मेरी तैनाती तब बिहार के एक छोटे स्टेशन पर थी। यह इत्तफाक था कि मैं उस रोज पटना में था जब केशवदास दौरे पर वहाँ आया हुआ था। उसके सम्मान में दिए जानेवाले 'डिनर' में मैं भी जबर्दस्ती घसीट लिया गया...क्योंकि भाई लोगों को पन्द्रह रुपए देनेवाले मुर्गों की तलाश थी, थोड़ी-बहुत भीड़ इकट्ठी करनी थी। मुझसे भी रुपए खींच लिये गए तो मुझे काफी अखरा। चुपचाप अपने शहर चला गया होता, डिनर में होने की मजबूरी पटनावालों की थी, मेरी नहीं...पर रुपए गए तो रुकना पड़ा, उन्हें वसूल करना था। उसी वसूलने के चक्कर में जैसे ही एक कमरे में बन्द होकर बियर पीने का मौका हाथ लगा...मैं दनादन चढ़ाता चला गया। हम सबके सामने नहीं पी सकते थे क्योंकि छोटे अफसर थे...केशवदास और दूसरे सीनियरों को दिखाना भी था कि हम चरित्रवान हैं...इसलिए एक कमरे में बन्द...चुपचाप-चुपचाप...कुछ बोतलें सफाचट करके मूँछें पोंछते हुए जब हम नीचे लाउंज में आए तो केशवदास वहाँ पहले से ही जमा हुआ था...उसके अलावा वहाँ सात-आठ अफसर थे...केशवदास से समुचित फासला बनाए हुए। केशवदास एक अलग सोफे पर बैठा हुआ सिगरेट पी रहा था...

एक मामूली-सा आदमी, थोड़ा भारी-भरकम। सिर मिट्टी के

बड़े लोंदे-सा...बेतुका, गर्दन मुटल्ल...गैंडे-जैसी और शरीर थुलथुल। हम जब अफसरों के चुनाववाले इम्तहान में बैठे थे तब सुना था कि इंटरव्यू में शक्ल-सूरत पर भी ध्यान दिया जाता है...और यहाँ वह था, अंग्रेजों के समय चुना गया। या तो अंग्रेजों के कायदे-कानून और थे या फिर उनका 'टेस्ट'...

शक्ल से भी ज्यादा गई-गुजरी—पोशाक थी—पैंट-बुश्शर्ट...दोनों का रंग निहायत सामान्य...डल, उबास पैदा करनेवाला। पैंट में क्रीज की लाइन गौर से देखने पर ही ढूँढ़ी जा सकती थी, बुश्शर्ट सिकुड़ी हुई तो नहीं...पर हाँ, वहाँ भी इस्त्री नदारत। जैसे एक जोड़ा ही लाया था और उसे दो दिन से घिसे जा रहा था। टेरीकॉट की थी...तो हर रोज बाल्टी में डुबोकर हैंगर पर सूखने के लिए...और दफ्तर चलते समय हैंगर से निकालकर अपने शरीर पर टाँग देता होगा...बुश्शर्ट के नीचे बाँहोंवाली बनियान थी जिसकी एक बाँह का हिस्सा बुश्शर्ट की बाँह के भी नीचे झूल रहा था।

कुल मिलाकर बेहद ढीलाढाला। चुस्ती, जिसके बारे में हमें ट्रेनिंग कॉलेज में धाँस-धाँसकर बताया गया था...वह छू भी नहीं गई थी केशवदास को। उस पर उसका फैलकर बैठने का ढंग और ढीली उँगलियों में फँसाकर सिगरेट पीना...

वह समय से पहले पहुँच गया था, बिना यह फिक्र किए हुए कि वह मुख्य अतिथि था जिसे थोड़ा देर से ही आना चाहिए। तब उसकी एक ही खासियत दिखाई पड़ी थी...और वह यह कि वह गोल्ड-फ्लैक पीता था। उसके मामूलीपन के बावजूद किसी की हिम्मत उसके पास फटकने की नहीं हो रही थी। पटना के अफसरान उसे दूर से ऐसे छिप-छिपकर देख रहे थे जैसे किसी छोटे शहर में बरात निकलने पर लड़कियाँ उसके दूल्हे को देखती हैं। कुछ भी हो...केशवदास महत्त्वपूर्ण था क्योंकि दिल्ली से आया था।

खाना निर्धारित समय से आगे खिसकता चला जा रहा था क्योंकि

कमिश्नर नहीं पहुँचे थे। विभाग में वह पटना का महत्त्वपूर्ण व्यक्ति था, बिना इन्तजार कराए किसी कार्यक्रम में कैसे पहुँचता! पहले उसका व्यक्तिगत स्टाफ फोन आदि से पता लगाता कि जहाँ कार्यक्रम हो रहा है वहाँ का माहौल कैसा है...उपस्थिति कैसी है, फिर स्वयं आकर देखता कि सब पहुँच चुके हैं या नहीं...फिर कार्यक्रम-स्थल से ही कमिश्नर को फोन पर जायजा देता...कमिश्नर उसके बाद ही प्रस्थान करते थे। कोई ऐसा नहीं होना चाहिए जिसे कमिश्नर के बाद आने का महत्त्व मिल जाए!

हम भुला आए थे...बेकार ही बियर का आखिरी गिलास गटगट किया, एकाध बोतल और मँगा सकते थे...लेकिन हमें डर था कि कहीं इस बीच कमिश्नर पहुँच गया तो...वह कमबख्त देखता भी था कि स्वागत को कौन-कौन नहीं हैं? केशवदास से ज्यादा डर हमें अपने कमिश्नर का था।

पैंतालीस मिनट...एक घंटा...केशवदास अकेले बैठे-बैठे उबिया आया, छह-सात सिगरेटें भी फूँक चुका था...

"कमिश्नर क्या डिनर बायकॉट करना चाहता है?"

वह आखिर झुँझलाता हुआ उठ बैठा। उसे अपना उस तरह उपेक्षित होना खलने लगा था...मुख्य अतिथि वह था या कमिश्नर? मुझे अब मजा आने लगा था...बियर के नशे में और भी। मामूली से अफसरों का एक मामूली डिनर लेकिन साले ऐसे दिखाएँगे जैसे कोई बड़ा भोज हो रहा हो...राजनीतिक-कूटनीतिक महत्त्व वाला...जिसमें किसी का आना...देर से आना...न आना...राष्ट्रीय या अन्तर्राष्ट्रीय महत्त्व की बात हो।

केशवदास उठकर अपना सॉफ्ट ड्रिंक का गिलास ले आया और चुस्की लेने लगा। वह एक इशारा था कि लोग शुरू करें...पर वहाँ मातहत लोगों में इतनी हिम्मत कहाँ थी। कमिश्नर का पी.ए. कमिश्नर को घर पर फोन करने चला गया...कि हुजूर पानी अब नाक तक आ गया, कूच किया जाए...

पी.ए. फोन करके जैसे ही आया, केशवदास ने उसे अपने पास बुला लिया। बगल में बिठाकर उसे एक कागज पेंसिल पकड़ा दी और कुछ नोट कराने लगा...एक छोटा-मोटा दफ्तर खोल दिया...वह हम सभी को ऐसे दिखा रहा था जैसे वाकई वह चौबीसों घंटेवाला सरकारी अफसर है। केशवदास के बैठते ही हम सब भी इधर-उधर बैठ गए। जब कमिश्नर आए तो सब खड़े हो गए...केशवदास नहीं खड़ा हुआ, भीतर-भीतर कमिश्नर के महत्त्व पर भुना भी जा रहा था...गरम तवे पर चने की तरह पुटर-पुटर...

खाना शुरू हुआ। भीड़ कमिश्नर के इर्द-गिर्द थी...सब चापलूसी का कोई टुकड़ा 'पुष्पं समर्पियामि' की शैली में कमिश्नर पर चढ़ाने को उत्सुक। हम-जैसे एक-दो पियक्कड़ कतरा रहे थे कि मुँह खोला और कमिश्नर के बच्चे को बास आ गई तो बेटा गए काम से...इसलिए हम केशवदास की तरफ बढ़ गए। उसे घेरकर उस पर न जाने क्या-क्या थोपते रहे—नाटक, साहित्य, राजनीति, अन्तर्राष्ट्रीय स्थिति...गोया कि जो-जो हमने इम्तहानों की तैयारी में जनरल-नॉलेज की रटन्त की थी वह सब उसी पर उँड़ेल देने पर उतारू थे। मुझमें और मेरे दोस्त सिन्हा में एक तरह की होड़ छिड़ गई केशवदास को प्रभावित करने की। एक खत्म न कर पाता तो दूसरा चल पड़ता। उस वक्त उसे साँस लेना भी मुश्किल पड़ रहा होगा, वह चुपचाप अपनी प्लेट पर झुका हुआ मुर्गे की टाँग चूसता होता...कान हमारी तरफ। केशवदास मूड में आ गया था, खाना शुरू होने की वजह से, हमारी बचकाना हरकतों में मजा ले रहा था या सिर्फ अपने इर्द-गिर्द सिमट आए किसी भी दायरे की वजह से खुश था।

"मुझे नहीं मालूम था कि यहाँ ऐसे अफसर भी हैं जो दूसरे विषयों में इतनी गहरी दिलचस्पी रखते हैं..."

हम उससे क्या बताते कि हमारी खासियत सिर्फ यह थी कि जब सब सिर्फ दूर से केशवदास को ताक रहे थे, हमारी झिझक बियर ने

तोड़ दी थी और हम आगे बढ़ आए थे।

"मैं सोचता हूँ सिर्फ काम के सहारे जिन्दगी काटना मुश्किल है। कोई-न-कोई हॉबी पाल लेना चाहिए।" मैंने कहा।

"एकदम ठीक...हर अंग्रेज अफ़सर शराब, शिकार, टेनिस और ब्रिज का शौकीन तो जरूर ही होता था...और कितनों की तो पढ़ने-लिखने में गहरी रुचि होती थी। आई.सी.एस. तक यह परम्परा दिखाई दे जाएगी...उनमें से कई इंटलैक्चुअल थे...कितने लेखक...आप-जैसे लोगों को तो दिल्ली में होना चाहिए..." केशवदास बोला।

"फिर बुला लीजिए न सर..."

मैं उस स्तर पर उतर आया था...जो हमारे वर्ग का था। कुछ देर पहले की हमारी सारी उड़ानें—बुद्धि, संस्कृति, कला, दर्शन की बहस—अन्ततः अपनी सतह पा गईं...जैसे कि वे सब भूमिका स्वरूप थीं एक इसी बात के लिए। यह सही था कि मैं तबादला चाहता था। मैं अकड़ू स्वयं था...कमिश्नर से टक्कर न भी हो, तो दो अकड़ुओं की पटरी कैसे बैठ सकती थी...हर समय टक्कर का अन्देशा रहता था। शुरू-शुरू में जब ट्रेनिंग खत्म कर यहाँ तैनाती पर आया, कमिश्नर से मिलने गया तो अपना हाथ मिलाने के लिए बढ़ा बैठा...कमिश्नर ने अजीब नजरों से देखते हुए अपना ढीला-ढीला हाथ मेरे हाथ में दिया। जहाँ कोई उससे हाथ मिलाने की हिम्मत नहीं करते थे...वहाँ मेरी धृष्टता...मेरे साथियों ने तभी बताया था कि गड़बड़ हो गया। मेरी शुरुआत बिगड़ गई। एक उस छोटी-सी शारीरिक हरकत—जिसके पीछे भी आदर ही था, थोड़ा-बहुत आत्मसम्मान की भावना भी—उसने एक गाँठ पाड़ दी मेरे और मेरे अफसर के बीच। मैं उससे मिलने जाने में कतराता था और जहाँ आमना-सामना हो जाए वह मुझे अस्पृश्य समझकर दूर रखता था। मेरे दूर-दूर रहने ने उस गाँठ को और कस दिया और दो साल के भीतर-भीतर वह मेरे चार तबादले कर चुका था। कुछ कहने जाओ तो मीठे-मीठे बोलेगा—"अभी तो आपके परिवार नहीं है...यही तो समय है हर

तरह के अनुभव लेने का।'' कभी बड़े ही शातिर ढंग से मेरे अहं को फुला देता—''शुक्लाजी, इस सीट को आप-जैसे ही सँभाल सकेंगे—'' और शुक्लाजी इतराते हुए चले आते...शहर-तब्दीली के लिए भी तैयार!

केशवदास को वहाँ छोड़ने के पहले मैंने उससे दिल्ली-वापसी का उसका प्रोग्राम पूछ डाला...मेरा स्टेशन रास्ते में पड़ता था तो उसे उतरने का निमन्त्रण भी दे डाला। ''बस्ती जरूर छोटी है लेकिन नदी बहुत सुन्दर और उससे सटा वन बहुत खूबसूरत है...जंगल के रेस्ट-हाउस में ठहरने का इन्तजाम करा दूँगा...सर, एकाध दिन वहाँ रुकें, बहुत रमणीय स्थल है...''

''और... ?'' केशवदास ने कुरेदा।

''और वहाँ सबेरे-सबेरे चिड़ियों की आवाजें खूब सुनाई देती हैं...'' केशवदास की आँखें अब और भी ज्यादा कुरेद रही थीं।

''और सर, हमारे यहाँ की इमरतियाँ बहुत प्रसिद्ध हैं...''

मेरा प्रस्ताव आकर्षक नहीं बन सका। केशवदास ने टटोल-टटालकर आखिर कहा—''इस बार तो समय नहीं है...फिर कभी...'' तो भी जिस गाड़ी से केशवदास को मेरे स्टेशन से गुजरना था...मैंने वह नोट कर ली और उस रोज इमरतियाँ तो डिब्बे में चढ़ा ही आया। केशवदास का पानी का थर्मस खाली था तो दौड़कर पानी भी भर लाया...

उसके बाद एक चक्कर मैंने दिल्ली का लगाया। केशवदास खुश था।

''मैंने तुम्हारे तबादले के बारे में तुम्हारे कमिश्नर से बात की। वह कह रहा था कि मैं किस पगलेट को दिल्ली ले जाने की सोच रहा हूँ।''

''मैं क्या कहूँ...मुफस्सिल जगहों पर कमिश्नर लोग बस जमींदार, जागीरदार ही समझिए।''

''मुझे मालूम है...इसलिए मैंने तुम्हारे ट्रेनिंग के डायरेक्टर से भी तुम्हारे बारे में पूछा। वे तुम्हारी काफी तारीफ कर रहे थे।''

मैं खिल उठा। दिल्ली से वापस जाने के पहले उसके घर आने

की मैंने आज्ञा माँगी।

"बिलकुल आओ...यह दिल्ली है...पटना नहीं..."

घर पर वह बड़ा ही अनौपचारिक था...मेरे सामने ही पैंट बदलकर तहमद डाली उसने। अपनी पत्नी और लड़की से मिलाया। मेरे साथ चाय पी...फिर मुझे सिगरेट भी दी। तैनाती के बाद यह पहला मौका था जब अपने से बड़े अफसर के सामने मुझे सिगरेट पीने को मिल रहा था। माहौल बन गया तब मैंने दिल्ली तबादले की बात को फिर धीरे-से आगे बढ़ाया...

"भाई...मैं बड़ी दिक्कत में हूँ। तुम्हें पटना से हटाने का तो तय कर लिया है...देख चुका हूँ जो तुम्हारा कमिश्नर तुम्हारे बारे में सोचता है। वहाँ तुम रहे तो वह तुम्हें खा जाएगा। यह भारी समस्या है...तो तबादला तो तुम्हारा होगा ही, अब कहाँ...यही देखना है।"

"यहाँ न हो सके तो कानपुर ही कर दीजिए, सर..."

"तुममें कुछ अजीब चीज जरूर है...बम्बई का कमिश्नर तुम्हें बम्बई में चाहता है...यहाँ का तुम्हें यहाँ चाहता है और तुम कानपुर चाहते हो...अब है न मेरे लिए मुश्किल..."

"मेरी कोई माँग नहीं है। आप जहाँ ठीक समझें कर दें...जो आप करेंगे वह मेरे हित में ही होगा..."

मुफस्सिल में मैंने और कुछ सीखा हो या नहीं, अपनी गोटी फिट करने की कला खूब नजदीक से देखी और देखादेखी थोड़ा-बहुत सीख भी ली थी। मैं जानता था कि जहाँ यह कहा कि अब मैं सब आप पर छोड़ता हूँ, आप मुझसे अच्छा सोच सकते हैं, मेरा हित आपके हाथों में सुरक्षित है...वहाँ आपने सब कह दिया, कुछ न माँगकर भी जो सबसे मुश्किल है वह माँग लिया। पूर्ण भक्ति-भाव से समर्पण सामनेवाले को जैसा आप्लावित करता है वैसा कुछ और दूसरा नहीं। मैं समझ गया था कि मेरा तबादला दिल्ली ही होगा क्योंकि दिल्ली की तैनाती सबसे मुश्किल चीज़ थी!

मैं दिल्ली आ गया। केशवदास का स्नेह मेरे लिए बढ़ता गया, उसके घर आना-जाना तेजी से चल पड़ा। बड़ी जल्दी उसकी पत्नी और लड़की से भी इतना परिचय हो गया कि अब मैं परिवार के एक सदस्य की तरह उनके यहाँ आ-जा सकता था, केशवदास घर पर हो या नहीं...इससे कोई फर्क नहीं पड़ता था। वे बड़े अनौपचारिक और आत्मीयता-भरे लोग लगते थे मुझे। छोटी जगह बड़े अफसरों के दूरी बनाए रखनेवाले व्यवहार की जगह जब एकाएक ही मुझे केशवदास के घर का स्नेह मिला तो मैं जैसे जमीन के दो इंच ऊपर चलने लगा, जेल से छूटकर जैसे किसी बहुत ही खुली और खूबसूरत जगह पर आ गया था। केशवदास स्वयं मुझे बहुत आत्मीयता देता था...कभी उसके घर आना हो तो अपने दफ्तर बुला लेता और अपनी कार में ही लेता आता। मैं दफ्तर से सीधा आ रहा होऊँ या वहाँ लंच या डिनर के समय होऊँ तो मुझे खाने के लिए करीब-करीब मजबूर कर दिया जाता। केशवदास मुझे दिल्ली लाकर खुश था। दफ्तर के माहौल में मैं खुश था या नहीं, दिल्ली के सांस्कृतिक परिवेश से मेरा कितना परिचय हो रहा है...इस सबमें उसे खासी दिलचस्पी रहती थी। वह हमेशा इस सम्बन्ध में कुछ-न-कुछ पूछता और अपनी तरफ से सलाह देता रहता था...

रचना के दफ्तर में भकभकाकर मैं जो कह गया उसे लेकर मुझे खासा पश्चात्ताप था। अपना उस कदर आक्रान्त हो उठना ठेठ बेवकूफी थी क्योंकि रचना से अब न मेरा कोई सम्बन्ध था और न होनेवाला ही दिखता था। सम्भावनाएँ यदि बनाई भी जा सकती थीं तो अब मेरी रुचि कच्ची ही थी...क्योंकि वह जिस किस्म का सम्बन्ध बनाता, वह मुझे कोई खास सुख पहुँचानेवाला नहीं दिखता था। अब

वह उतनी सुन्दर भी नहीं थी कि किसी पागलपन की शुरुआत सोची जाए...फिर भी केशवदास पर उस तरह चोट करना एक ऐसी बेवकूफी थी जो बहुत-कुछ जरूरी हो गई थी, उसे करके मेरे अहं को सुकून हुआ था, पर उस सुकून के पीछे एक खास किस्म की वितृष्णा भी चली आई थी...वितृष्णा स्वयं से कि मैं नौकरी-पेशा होकर भी अपने भले-बुरे का नहीं सोच सकता। केशवदास कुछ नुकसान करे या नहीं, अपने उस तरह के व्यवहार से मैंने एक क्षण में ही वह सब भरभराकर गिरा दिया जो रेशा-रेशा बनाया था, शायद उसके यहाँ आना-जाना भी बन्द हो जाए। मैं अब उससे किसी मदद की अपेक्षा नहीं कर सकता था। मैंने उसे भीतर कहीं काफी मुलायम जगह पर आहत किया होगा।

क्या बातों को धोया जा सकता है कपड़ों की तरह?

मैं ऐसा चाहता था। केशवदास की पत्नी के आग्रह पर उसकी लड़की रेशमा की 'कम्पटीशन' की तैयारी में मदद करने लगा था जब-कब...मैं वह जारी रखने की सोचता था।

मैं चार-पाँच दिनों में ही उसके यहाँ गया।

दिल्ली शहर का वह इलाका जहाँ केशवदास का घर है, मुझे अच्छा लगता है। इतनी शान्ति इस शहर में शायद ही कहीं और हो, खासतौर से रात में यहाँ की साफ सड़कों पर बिछा सन्नाटा...शान्ति मन पर आहिस्ता-आहिस्ता उतरती है। मुझे इलाहाबाद के जॉर्ज टाउन की सड़कें याद आती हैं। फिर अपने यूनिवर्सिटी के दिनों में पहुँच जाता हूँ...जीवन के लिए वही उत्साह...भीतर उठती वही प्यार की लहरें। इधर से गुजरते वक्त दिमाग पर एक निहायत मुलायम झिल्ली तैरती होती है।

केशवदास था, ड्राइंगरूम में बैठा था। लगा कि वह न मिलता तो बेहतर था क्योंकि उसे देखते ही भीतर की सारी कोमलता जैसे झुरा गई।

उसके पास कोई एक और बैठा था...मैं नमस्ते करके एक अलग

कुर्सी पर चुपचाप बैठ गया। अमूमन मैं ऐसे में एकदम अन्दर चला जाता पर यह उस दिन की बची-खुची खार समझिए कि मैं औपचारिक संकोच में पड़ गया। मेरे अन्दर का आत्मविश्वास मर चुका था। वह अपनी पत्नी या बेटी को लेकर भी मेरे बारे में किसी गलतफहमी का शिकार हो सकता था।

"मिसेज केशवदास हैं क्या... ?"

मैंने बातों के बीच में कहीं मौका लगाकर पूछ डाला।

मैं जताना चाहता था कि सिर्फ रेशमा के लिए आया था और जल्दी खिसकने की भी सोचता था।

"हाँ, हैं...।"

सिर्फ दो शब्द...और केशवदास फिर सामनेवाले व्यक्ति से बातें करने में व्यस्त हो गया। उसकी रुखाई मुझे अच्छी नहीं लगी। वह मुझे भीतर जाने को कह सकता था, पत्नी या अपनी लड़की को बैठे-बैठे खबर कर सकता था। कम-से-कम वह नौकर को आवाज तो दे ही सकता था। उसने मेरा परिचय भी सामने बैठे व्यक्ति से नहीं कराया था। कुल मिलाकर उसका व्यवहार ऐसा लगा जैसा वह उस मास्टर को दिया करता है जो उसके छोटे लड़के को पढ़ाने आता है। निश्चित ही मैं वह नहीं था।

मैंने छोटा महसूस किया खुद को। उसी तरह कुछ देर और रहता तो शायद मैं चले जाने की सोचने लगता, वैसे ही रूखे-रूखे ताकि उसे भी एक सीख मिलती...पर मैंने उसके पास पड़े पैकेट से एक सिगरेट निकालकर सुलगा ली। इससे मुझमें कुछ आत्मविश्वास आया। मैं एक टाँग पर दूसरी रखकर पीछे आराम से टिककर बैठ गया और कश लेने लगा।

मिसेज केशवदास थोड़ी ही देर में आ गईं और स्टूल खिसकाकर मेरे पास ही बैठ गईं। उन्होंने शायद मुझे भीतर से देख लिया था। मुझे अच्छा लगा। वे खबसूरत रही होंगी, एक जमाने की मशहूर एक्ट्रेस की

बहन थीं और कश्मीरी गोरा रंग और साफ-सुथरे नक्श अब भी उनके चेहरे पर चमकते थे। बेशक अब उम्र हो गई थी, उनकी लड़की—रेशमा ही अब बीस-इक्कीस की हो रही थी। उम्र के बावजूद वे सुन्दर दीखती थीं—"हलो, हाऊ आर यू..."

"ठीक हूँ...आप कहिए..."

वे मुस्कुराईं।

"इतने दिनों नहीं आ पाया...बड़ी तबीयत थी आपसे मिलने की, बातें करने की...आप-जैसे सुननेवाले कम ही मिलते हैं।"

मैं झूठ नहीं बोल रहा था। मैंने कम ही औरतें इतनी जागरूक देखी हैं। इस महिला में सब कुछ जानने की अनोखी उत्सुकता थी। खुला दिमाग था...पढ़ भी अच्छा-खासा रखा था। उनसे पिछले दिनों आधुनिक साहित्य और कला की बारीक-बारीक बातों पर बहसें हुई थीं। आधुनिक चित्रकारी पर उन्होंने अपनी पढ़ी हुई चीजें सुनाई थीं...किसी भी लिहाज से केशवदास से आगे थीं। मुझे केशवदास की अपेक्षा उनसे बातें करना ज्यादा अच्छा लगता था...

"रेशमा की पढ़ाई कैसी है?" मैंने पूछा।

"ठीक है...उसे कुछ..."

और फिर हम रेशमा की पढ़ाई के बाबत बातें करने लगे। इस बीच रेशमा भी आ गई और अपनी मम्मी के बगल में 'हलो, हाऊ आर यू' कहते हुए बैठ गई। बच्चों के मुहावरे भी एकदम माँ-बाप के हो बैठते हैं, कभी-कभी। ऐसी लड़कियों पर पढ़ाई का क्या असर होगा...और उसी पढ़ाई के लिए उसकी माँ और दिखावे के तौर पर ही सही मैं भी इतना परेशान तो नहीं, व्यस्त जरूर था।

मुझे अब और भी अच्छा लगने लगा था। रेशमा के आ बैठने से रंगीनियत मेरे इर्द-गिर्द ज्यादा थी, केशवदास के मुकाबले। मुझे उस रंगीनियत से कुछ खास लेना-देना नहीं था...और वह रंगीनियत भी थी तो सिर्फ इस मायने में कि रंगों का जमाव आसपास था, बस। जो ज्यादा

बड़ी बात थी वह यह कि हम तीनों ही केशवदास की एकदम उपेक्षा किए हुए बैठे थे। मुझे इस खयाल से अच्छी-खासी कुनमुनाहट हो रही थी और मैं लगभग भूल गया था कि मैं दरअसल केशवदास को यह जताने आया था कि उस शाम को रचना के कमरे में जो कुछ हुआ था, उसे वह तरजीह न दें, रचना से मुझे कुछ लेना-देना नहीं था, न ही इस बात से कि केशवदास और उनके बीच क्या था, मेरे केशवदास और उसके परिवार से जो सम्बन्ध थे...वही मेरे लिए महत्त्व के थे।

थोड़ी देर में जब वह व्यक्ति जाने के लिए नमस्ते वगैरह करने लगा, हमारी बातें रुकीं और हम सभी उन दोनों की तरफ देखने लगे। केशवदास ने जैसी कि उसकी आम आदत थी, बैठे-बैठे ही उसको विदा किया और उसके जाने के बाद एक सिगरेट सुलगाकर पीने लगा—काँपती उँगलियों को होंठों के पास मैंने फिर अनायास ही देख लिया। रचना को छूते वक्त भी ये उँगलियाँ ऐसे ही काँपती होंगी। मुझे घिन फिर छूट गई।

"आप उर्दू-कविता पढ़ते हैं?" मिसेज केशवदास ने पूछा।

"जी हाँ, थोड़ी बहुत...जो हिन्दी में होती हैं...या फिर मुशायरे में सुन लेता हूँ...हालाँकि दिल्ली-जैसी जगह में मुशायरे जमते नहीं हैं, यहाँ के लोग कुछ ज्यादा ही सभ्य हैं, मुशायरे जैसी चीज के लिए..."

"जब आप उर्दू पढ़ नहीं सकते तो समझेंगे क्या..."

केशवदास बीच में बोला।

"मैं कब कहता हूँ...लेकिन उर्दू कविता में ज्यादा कुछ समझने का होता क्या है! वही कल्पना है, वही इमेजैस हैं घूम-फिरकर... आधुनिकता तो उर्दू शायरी को छू भी नहीं गई।—हाँ, फिराक़ जरूर कुछ नई चीजें लाए हैं..."

"फिराक...जाने क्या समझता है खुद को! मुझे तो साहिर...पिछली बार मित्रा के यहाँ बैठक थी—फिराक को तो मामूली तौर-तरीके भी नहीं आते...ऐंठू है पूरा।"

"इस बात का शायरी से क्या ताल्लुक, 'जरूरत' है..."

"अब आपको ताल्लुक 'जरूरत' तो कहना आता नहीं—आप क्या उर्दू-शायरी पर बात करेंगे!"

उसने मुझे पकड़ लिया था—और उसी बिन्दु पर वह उठ खड़ा हुआ। खड़े होते ही खाँसी का एक जोरदार गुच्छा उसके गले में फड़फड़ा आया और मैं कहने जा रहा था...वह सब खाँसी की आवाज में बिंधकर फट गया। मैं कहने जा रहा था कि आप अफसरों को तो सलाम की पुरानी आदत है, जो न दे वह ऐंठू है, अहमक है।

केशवदास खुद अहमक था! उसे ही क्या तौर-तरीके आते हैं! मेरी जीभ पर कसैलापन उतर आया और वह छाया रहा, हालाँकि वह भीतर चला गया था।

उस रात लौटते हुए यह बात मेरे सामने साफ हो गई थी कि केशवदास से अब मेरी बन नहीं सकती। हमारे दरम्यान जो भी कुछ था उसे घुन लग चुका था। मैं जहाँ तक बर्दाश्त करूँगा, वह पीछे ठेलता ही चला जाएगा, उस बिन्दु तक जहाँ मैं धीरज खो बैठूँगा। उसकी 'स्ट्रेटेजी' मुझे उकसाने और उकसाकर लथेड़ने की थी। वह सोचता था इससे मेरा सामान्य हौसला कम हो जाएगा और मैं रचना के लिए चल रही दौड़ में पिछड़ जाऊँगा। उसने जबर्दस्ती ही मुझे एक प्रतिद्वन्द्वी, दुश्मन बना लिया था और एक लम्बी लड़ाई लड़ने के पूरे मूड में दिखता था।

उसके जाने के थोड़ी देर बाद ही मैं उठ गया क्योंकि मेरा मन खराब हो गया था। मिसेज केशवदास शायद कुछ भाँप गई थी पर कुछ भी कहने या करने की जरूरत उन्होंने महससू नहीं की थी। ओहदे के लिहाज से मैं छोटा था इसलिए वैसी लथेड़ कोई गैरमामूली बात नहीं थी। उन्हें भी यह अभ्यास हो चुका होगा।

एक तरह का खात्मा था वह, एक ऐसी शुरुआत का जो सही अर्थों में कभी हुई ही न थी।

इस बड़े शहर में दोस्ती या हमदर्दी की मेरी तलाश जल्दी ही खत्म हो गई थी। जिस छटपटाहट से हिल्गा हुआ यहाँ का आदमी इधर-उधर भागता रहता है, उसमें किसी भी चीज या आदमी के टिकने की सम्भावना कम ही रह जाती है। फिर हमारे वर्ग में तो और भी। यहाँ सिर्फ पद या पदों की श्रेणियाँ हैं, आदमी नहीं—अवर सचिव, उप-सचिव, संयुक्त सचिव, अतिरिक्त सचिव, सचिव। नीचेवाली श्रेणी बहुत हुआ अपने ठीक ऊपरवाली के साथ उठ-बैठ सकती है। अवर सचिव के सामाजिक स्तर पर सम्बन्ध संयुक्त सचिव और सचिव से होना नामुमकिन है...यह मैं अपने आने के कुछ महीनों में ही समझ चुका था। केशवदास से और भी ऐसी मित्रता या ऐसी किसी बात का प्रश्न नहीं उठता था क्योंकि निबाहना, बर्दाश्त करना...ऐसा कुछ...जो भी होना था वह एकतरफा—मेरी तरफ से ही होना था। अपनी तरफ से वह छुट्टा था—जो जी चाहे करे, सोचे या कह डाले। यह इसलिए कि वह मेरे लिए मूल्यवान या महत्त्व का था जबकि मैं उसके लिए कुछ नहीं था। इस बात को हम दोनों ही जानते थे...वह पहले से ही और मैं समझने लगा था...धीरे-धीरे।

तब मुझे दिल्ली आए हुए एक महीना ही हुआ था, काम शुरू कर चुका था...कि एक दिन केशवदास का फोन आया—

"कहिए...दिल्ली में जम गए आप!"

"धीरे-धीरे...कोशिश कर रहा हूँ...आप तो जानते ही हैं..."

"मेरे एक मित्र हैं श्री...। ये आपसे कल ग्यारह बजे मिलेंगे...जरा इनकी समस्या को देख लीजिएगा..."

और उसने फोन रख दिया। मैं उन सज्जन से मिलने की तारीख या समय तय करूँ...यह सुविधा भी केशवदास ने मुझे नहीं दी। अगले रोज जो उसके दोस्त आए वे भी केशवदास-जैसे ही अधिकार के स्वर

में अपने काम के बारे में बात करते गए...यह काम है और उसे इस तरह से होना है...रास्ता मैं निकालूँ। मुझे लगा, मैं जन-साधारण से नहीं, अपने ऊपर के अफसर से बात कर रहा हूँ...वह एकदम फौजी-शैली में मुझे आदेश दे रहा है। मुझे यहाँ भी दिखाई दे गया कि अगर मैंने यह काम किया तो केशवदास के दोस्त के लिए रास्ता साफ हो जाएगा और भविष्य में वह बगैर केशवदास से फोन कराए सीधा मुझ तक आकर अपने आदेश दिया करेगा, केशवदास को कुछ खबर भी न हुआ करेगी। बातों-बातों में उसने यह भी बता दिया कि केशवदास के घर वह क्या-क्या सामान पहुँचाया करता है, जिसमें अंग्रेजी शराब की बोतलें भी शामिल थीं। जो आदमी ऐसे हर जगह बोलता फिरता है, वह मेरे लिए तो खतरनाक था ही, केशवदास के लिए भी था। मैंने एक चुस्त अफसर बनने की कोशिश में न केवल उन महाशय का काम नहीं किया, उनसे अगली बार से काफी सूखे-सूखे पेश आने लगा। यह भी सोचा था कि केशवदास के हितैषी की तरह उसे आगाह करूँगा कि ऐसे लोगों की मित्रता उसके अपने लिए भी खतरनाक है...

यह मौका केशवदास ने मुझे नहीं दिया। उसने जब पूछा और मैंने सारी बात बताने की कोशिश की तो उसने एक जुमले में उसे कुचलकर रख दिया—

"मुझे सिर्फ यह जानकारी चाहिए थी कि उसका काम हुआ या नहीं...तफसील नहीं, छोड़िए।"

और उसने खुद को दूसरे काम में उलझा लिया था। बाद में मैंने भी सोचा कि कौन कैसा आदमी है, किससे उसकी प्रतिष्ठा बनती या बिगड़ती है...ऐसी बातें मुझ-जैसों के लिए थीं, केशवदास के लिए नहीं जिनकी नौकरी के पाँच-छह साल ही बाकी थे। उसे यहाँ पहुँचकर अब कैरियर या प्रतिष्ठा की क्या चिन्ता! उसके दृष्टिकोण से देखने पर इसमें भी एक तर्क नज़र आया कि वह चुन-चुनकर अपने आदमी दिल्ली में लाकर बैठाए...वे अगर काम नहीं करेंगे तो फिर उसके आदमी कहाँ से

हुए...और उनका यहाँ लाना भी बेकार गया। आखिरी बात यह भी दिखाई दे गई कि नौकरी के इन शेष वर्षों में वह जो कमाई कर सके वह भी कर डालने की सोचता होगा...यह वह हम-जैसों के ही मार्फत कर सकेगा।

मुझ-जैसे लोग बेकार थे उसके लिए। अब वह भी मुझे कमिश्नर की तरह पगलेट ही मानने पर आ रहा होगा...

कुल मिलाकर मुझे सन्तोष था, छुटकारे का सन्तोष। एक बार और उसके यहाँ जाऊँगा, रेशमा से अपनी किताबें-नोट्स लेने और वह उसके इम्तहान के बाद भी कर सकता था।

एक दिन केशवदास एकाएक मेरी ही तरफ आ निकला।

मैं बाहर के पूरी इमारत के लिए जो लॉन था...वहाँ घास पर बैठा धूप सेंक रहा था। साथ में एकाध कोई और थे, हलकी-फुलकी बातें हो रही थीं।

उसने अपनी कार मेरे ही सामने, उस इमारत के अन्दर की सड़क पर रोकी और हॉर्न देकर मुझे बुलाया। मैं काफी तेजी से उठा और उसके पास लगभग भागता चला गया, आदतन।

"आपके यहाँ मिसेज केशवदास आई हैं क्या...?"

"नहीं तो,"

"अच्छा...!"

मुझे एक सतही अचकचाहट हुई, कहीं मिसेज केशवदास भाग तो नहीं गईं। अनबन तो होती ही होगी, खासतौर से उस-जैसे व्यक्ति के साथ, किसी की भी होती...पर वह हैरान नहीं दिखता था। मुझसे भी ज्यादा वह जानता होगा कि इस उम्र में कोई कहाँ जाएगा...मैं जल्दी ही निश्चिन्त हो गया।...

"मैं यहाँ एक घंटे से बैठा हूँ, इधर से तो गुजरी नहीं, वैसे एक बार और देख लेता हूँ।"

वह कार बन्द कर मेरे साथ-साथ ऊपर आया। मिसेज केशवदास नहीं आई थीं।

"ताज्जुब है, उन्हें यहीं मिलना था...हम एक लंच पर जानेवाले थे।"

"तो बैठिए, कॉफी लीजिए...आती होंगी..."

"नहीं, थैंक्स...अच्छा वो...मिसेज शर्मा किधर रहती हैं, कहीं वहाँ न बैठी हों..."

उसने बाहर निकलते हुए कुछ इस तरह कहा जैसे चलते-चलते कुछ याद आ गया हो।

"चलिए...वहाँ भी देख लेते हैं।"

मिसेज शर्मा उन औरतों में से थीं जिनमें शादी के बाद एक नया व्यक्तित्व प्रस्फुटित होता है। वह भी ट्रेनिंग कॉलेज में कुछ दिनों के लिए हमारे साथ थी। एक भारी-भरकम लड़की, हमेशा हँसती रहती, कमरे में हमेशा हीटर जलता रहता। कोई आ जाए, चाय पी जाए। यों रंग उसका गोरा था, नाक-नक्श भी अच्छे-खासे थे पर अपने भारीपन की वजह से उपेक्षित ही रहती थी...और इसीलिए जब उसकी शादी हो गई, उसने शादी को, उसके पीछे की हर बात को इतनी गम्भीरता से लिया कि अब वह हर समय मुँह बनाए ही रहती थी, और गम्भीर लोग फिर 'रिजर्व' तो आप-से-आप हो जाते हैं!

वह उसी इमारत की तीसरी मंजिल में रहती थी। उसने ही दरवाजा खोला। उसने गाउन डाल रखा था और हमेशा की तरह गहरी लिपस्टिक उसके होंठों पर थी। गाउन के ऊपरी खोल से उसकी पुष्ट छातियों की मांसलता झलकती थी, मोटी औरतों का यह हिस्सा जरूर काफी आकर्षक होता है, मैंने सोचा।

केशवदास को देखकर वह मुस्कुराई। इसने क्या जवाब दिया,

क्या किया यह मैं देख न पाया। मिसेज शर्मा से काफी दिनों बाद मिल रहा था इतने पास से, उसे कुछ गौर से देखने में व्यस्त था फिलहाल।

"आइए, आइए..."

"इन्हें आपके फ्लैट का नम्बर नहीं मालूम था।"

मैं अपने आने की सफाई देकर चलने को हुआ।

"अरे...अरे...आप कहाँ जाते हैं...बैठिए न।" मिसेज शर्मा आग्रह में करीब-करीब चीखीं।

"इधर से गुजर रहा था, सोचा होता चलूँ..." केशवदास बोला।

वह सोफे पर पसर गया था। मैं भी सामने बैठ गया। मुझे लॉन की धूप याद आ रही थी। मिसेज शर्मा ने अन्दर से खाना-सा कुछ लाकर मेज पर बिछा दिया।

"चाय का तो वक्त है नहीं, आपने खाना नहीं खाया होगा..."

वह केशवदास से ही पूछ रही थी, मैं वहाँ सिर्फ एक पुच्छल्ला था।

"मि. शर्मा आज ही आनेवाले हैं, इसलिए मैं बाजार गई थी सामान खरीदने...सिर्फ अपने लिए तो कुछ भी बनाने में बड़ा आलस आता है। मुझे जरूरत भी नहीं खाने की।"

वह कुछ हँसी। औरताना बात को वह हँसी धोती चली गई। उसका 'ह्यूमर' अब भी ट्रेनिंग कॉलेज का था और उसकी गम्भीरता जरूर कोई बाहरी छाप होगी। किसी ने शायद जोर से कह दिया होगा—'शादी के बाद अब तुम्हें बदल जाना चाहिए...'

"हफ्ते में चार दिन उन्हें बाहर रहना पड़ता है।"

"कहाँ-कहाँ जाते हैं?" केशवदास ने पूछा।

"ज्यादातर चंडीगढ़, अम्बाला, पटियाला...कभी-कभी जलन्धर, अमृतसर भी—मुझे तो बड़ा अकेला लगता है, यह हॉस्टल न होता तो रह भी नहीं पाती।"

"तो कोई कम्पनी कर लीजिए..."

केशवदास ने इस बार कुछ झुककर कहा...और मौका देखकर आँख मार गया। मिसेज शर्मा सिर झुकाए बैठी रही। मेरा देखना एक पलक न झपकने की बात थी। मुझे केशवदास की हरकत बड़ी भोंड़ी लगी। वह निहायत ही गन्दा आदमी है। तभी लगा गन्दगी क्या, यह भी एक इशारा है, उतना ही निर्दोष और साधारण जितना आँखें लड़ाना, फर्क सिर्फ यह है कि यह एकतरफा सिग्नल है कुछ प्रस्तावात्मक और वह दुतरफा...और फिर मैं अपने दोनों तरफ सोचते रहने की भयंकर आदत को कोस गया।

पर उस सबके बावजूद मैं उस चीज को गन्दा ही कहता। जाने क्यों बस यही हरकत गवारा नहीं बैठती। जब बहुत छोटा था तो अपने छोटे-से कस्बे में कुछ अनपढ़ों को ऐसा करते देखा था। तब भी ऐसा लगा था कि महिला को प्रणय निवेदनवाला आदर देना तो दूर, यह उसे बराबरी-वाली हैसियत नहीं देता...उलटे पहले से ही उसे चरित्रहीन या कुलटा मानकर चलता है...जैसे उस औरत पर कोई कीचड़ उछाल रहा हो, सीधा हाथ क्यों नहीं पकड़ लेते कमबख्त!

यह बात तब दिमाग से वैसे ही हलके-हलके निकल गई जैसे आई थी और अब मैं ज्यादा अहम बात पर गौर करने लगा था—केशवदास ने मिसेज शर्मा के यहाँ आकर एक बार भी अपनी पत्नी की बात नहीं की थी...और एकबारगी ही सारी स्थिति मेरे सामने साफ हो गई। वह आया होगा मिसेज शर्मा से ही मिलने, मुझे उसका फ्लैट नम्बर पता करने के लिए पकड़ा था। नम्बर तो वह इन्क्वायरी से भी पता कर सकता था, शायद मैं सामने पड़ गया था इसलिए उसने उठा लिया था और बाकी सब बातें वहाँ आने का सिर्फ बहाना थीं।

अच्छा था कि उसने कुछ दिखावा-जैसा करने का महसूस तो किया था इस बार।

जल्दी ही मैं उसे वहीं छोड़कर बाहर आ गया और फिर धूप में सारी बातों को झाड़ने लगा जैसे गरम कपड़ों से धूल झाड़ते हैं...पर वहाँ

से हटने की तबीयत नहीं हुई जब तक उसकी कार वहाँ खड़ी थी।

जब वह बाहर निकला तो चाय का वक्त हो चुका था। इस बार वह उसी तरफ के दरवाजे से निकल गया, शायद ही उसने देखा हो कि मैं अब भी लॉन पर था!

उस रात कुछ वाहियात किस्म के सपने आए।

मैंने देखा कि एक काफी बड़ा पोखर है जिसका पानी उतना तरल नहीं जितना पानी अमूमन होता है। कुछ गाढ़ा-गाढ़ा है...मैं उसमें तैर रहा हूँ, अक्सर सैलाब नथुनों तक भर आता है...आगे कुछ खून की धार-जैसी चीज लिपस्टिक-स्टिक से निकलकर बहती चली जा रही है, सीधी। मैं उधर नहीं जाना चाहता पर धार अब इसी तरफ आ रही है तेजी से...मैं बचाव करता हूँ, एक मोटे लट्ठे से जा टकराता हूँ, उसे जकड़कर नीचे डूबने का प्रयत्न करता हूँ...जब ऊपर आता हूँ तो सारे मुँह से धुले हुए सेन्दुर-सा कुछ टपकता होता है...और, मेरे हाथ में एक काई लगी लकड़ी है...

घिन से अचकचाकर मैं जग गया...बाहर हलका-हलका धुँधलका-सा था और कहीं से छह बजे की खबरें आ रही थीं।

वह कुछ उसी किस्म का बकवास था जिस तरह की सौ और चीजों से मैं दिन-भर घिरा रहता हूँ। सपने पर कुछ खास सोचने की जरूरत नहीं समझी मैंने। अगर कोई अच्छा सपना होता तो शायद जुगाली करता।

मुझे जल्दी ही तैयार होकर एयरपोर्ट भी पहुँचना था। मि. गर्ग अमेरिका जा रहे थे। नहीं भी जा सकता था पर वे काफी मेधावी अफसर थे और उनके परिचितों में से कौन उन्हें 'विश' करने नहीं गया, यह वे भूलनेवाले नहीं थे। ऐसा भी नहीं था कि उन-जैसों से किसी की मदद हो जाए लेकिन जो ऊपरी तौर पर 'कर्टसी' कही जाती थी पर जो नीचे से साफ किसी मतलब की उम्मीद थी उससे हम-जैसे कई उनसे हिल्गे हुए थे।

एयरपोर्ट जाते वक्त मैं स्वयं को बेकार ही सवेरे-सवेरे वह कष्ट देने के लिए कोसता रहा लेकिन अब आ ही गया था तो मैंने सुबह के बारे में सोचने का निश्चय किया।

धुँधलका छँट चुका था और उसे भेदती हुई किरणें खेतों पर फैली ओस की बूँदों को छू-छूकर जैसे स्वयं गीली-गीली हो रही थीं। चारों तरफ फैली हुई सुनहरी-सुनहरी हलकी सिहरन। एक-दो जहाज ऊपर घूमते नजर आए...कोई महत्त्वपूर्ण व्यक्ति आया होगा और उसकी सुरक्षा के लिए यह भाग-दौड़ होगी!

अन्दर के जमाव में देखा कि रचना भी आई हुई थी। वह किसी भी दौड़ में पीछे छूटनेवाली नहीं थी...हर इंच एक अफसर...आखिर क्यों नहीं!

उसने हल्के पीले रंग की साड़ी और वैसा ही ब्लाउज पहन रखे थे।

वह बेहद हलकी-फुलकी और ताजा दिख रही थी, कुछ इस वजह से भी कि वह सुबह ही खूबसूरत थी। मुझे ट्रेनिंग कॉलेज की वह सुबह याद आ गई जब उसे पहली बार देखा था। फूलों की तरह लड़कियों का भी मौसम से गहरा ताल्लुक होता है...मैं सोच रहा था। वह आज भी खूबसूरत थी, उस भीड़ में अलग चमकती हुई...ताजगी उतना न सही, उजालापन उससे भरपूर फूटता था।

जल्दी ही एक छोटा-सा झुंड उसके इर्द-गिर्द सिमट आया। यह भी हो सकता है कि उसने अपनी आँखों की आर्क एक सिरे से चलाना शुरू किया होगा क्योंकि उस वृत्त में जो कोई भी आ रहा था वह उससे 'हलो' कर रही थी, जैसे ढेर सारे लोगों को खींचे रहने के नशे का बचा-खुचा अब भी था उसमें।

मैं भी जब उसकी 'आर्क' के वृत्त में आया तो एक 'हलो' हो गई।

मिस्टर गर्ग जब आखिरी कॉल पर अन्दर जाने लगे तो उनसे

हाथ मिलाने में एक होड़-सी लग गई। सभी अपनी हाजिरी लगाना चाहते थे।

मैंने देखा वह पीछे खड़ी अपनी बारी का इन्तजार कर रही थी। उसे लोग कुछ ज्यादा ही अच्छी तरह से जानते थे। एक 'लेडी' का लिहाज करके उसके लिए जगह बनाना चाहिए था, पर सबको कुछ हड़बड़ी-जैसी थी...कब वक्त खत्म हो जाए और बाकी लोगों के लिए सिर्फ हाथ हिलाकर मि. गर्ग अन्दर चले जाएँ...इतने सवेरे और इतनी दूर से आए, और मि. गर्ग अपना चेहरा भी न देख पाएँ...पर रचना को अपनी उपस्थिति का अहसास था। आखिर उन्हें विदा करने आए हुओं में लड़की एक वही थी। मि. गर्ग उसका अभिवादन स्वीकार किए बिना नहीं जा सकते थे।

अपनी बारी आने पर उसने मि. गर्ग से नमस्ते की, कुछ झूलते हुए ढंग से। मि. गर्ग के दूसरी तरफ चले जाने के बाद ही रचना और मैं आमने-सामने पड़ गए। उसने 'हलो' कुछ गहराते हुए कहा। मैं गोल होते हुए, कुछ आगे निकलकर कोई आमन्त्रण-सा देते हुए उसके होंठों को देखता रहा। उसके लिए भीतर-भीतर प्यार-सा कुछ उमड़ने लगा।

"हाऊ आर यू..." उसने पूछा।

"थैंक्स।"

"कुछ लिखाई हो रही है?"

"कोई खास नहीं"

"इधर कुछ नया लिखा?"

वह जानबूझकर लिखने-लिखाने की बात कर रही थी। जानती थी कि मैं थोड़ा-बहुत हाथ-पैर मारता हूँ और ये वे बातें थीं जिनसे वह मुझे विशेषता दे सकती थी। वह सुन्दर होने के साथ-साथ चतुर भी थी। जानती थी कि सामनेवाले की कोई विशेष बात उभार दो...आधा तो वह नशे में पगलाया रहेगा। मुझे अच्छा लग रहा था...हम अब मिलते नहीं फिर भी उसे मेरे लिखने की चिन्ता थी।

"अजी, इस सरकारी ढर्रे ने भी क्या लेखक पैदा किए हैं," मैंने हँसने की कोशिश की।

साथ में वह हँसी...एक सम्पूर्ण हँसी जो आँखों से निकल रही थी। हम इस स्तर पर अच्छे थे, साहित्य-वाहित्य की बातों के इर्द-गिर्द, कुछ 'ह्यूमरनुमा' पटाखे छोड़ते हुए एक-दूसरे से खुश!

लेकिन मैं एक सीढ़ी नीचे उतर गया था आज। रचना को डूबी-डूबी नजरों से देखते हुए उसमें फैनेला जगाने की कोशिश कर रहा था। फैनेला अब भी होगी उसमें कहीं-न-कहीं...वह कोमल-कोमल, ताजी, मुग्ध हो सकनेवाली लड़की! वह निकल आए तो मैं उसे पागलपन की हद तक प्यार करने लगूँगा।*

"आप केशवदास की लड़की को भी तो पढ़ाने जाते हैं?"

"पढ़ाने क्या... ? जब कभी 'गाइड' कर आता हूँ, उसे मेरे नोट्स की ज्यादा जरूरत थी।"

"आई सी!"

मैं उसमें डूबने को हुआ-हुआ कि उसने बड़े ही पैनेपन से खुद चुनी जगह पर मुझे गोंच दिया और अब शरारत से अलग हो रही थी। हो सकता है उसे रेशमा और मेरे बारे में सोचकर कुछ जलन-नुमा चिन्ता भी हो...पर यह नहीं था, होता तो मुझे खुश होना चाहिए था, जबकि मैं सिर्फ कटकर रह गया था। फौरन ही पछतावा हुआ मुझे कि कह देता केशवदास के लिए आप जितना करती हैं, जितना नीचे जाती हैं, उतना मैं नहीं। वह जरूर एक सहकारी की हैसियत से ही मुझसे होड़ लगा रही थी। मैंने अपने ढीलेपन को कोसा...अपना वह दोस्त याद आया जो इधर-उधर तो रचना को 'बिच' कहता फिरता है पर उसके सामने आकर वे सारे तौर-तरीके करता है जो अमूमन लोग एक लेडी की उपस्थिति में करते हैं। मैं भी वहीं था।

---

* हम एक-दूसरे को पूरापन देते हुए किसी ऊँची चीज की तरफ बढ़ने लगेंगे।... आओ...फैनेला आओ...जीवन में तुम्हारी कमी है...बहुत...

"वैसे उन नोट्स की क्या वकत...जब उनसे मैं ही कुछ खास कमा नहीं पाया..."

अजीब बेहूदा स्थिति थी, मैं और ढीला पड़ता जा रहा था।

"नहीं, ऐसा तो नहीं...आप किसी खास इम्तहान में कुछ विशेष न दिखा पाए तो इसके यह मायने तो नहीं कि आपमें कुछ विशेष नहीं..."

मैं कुछ 'हाँ, वो तो है ही' के अन्दाज में हँसा-सा, उसने फिर मुझे उचका दिया था, फुटबॉल की तरह।

"कैसा लगता है आपको अपना नया काम?"

"अच्छा है, 'नाइस फॉर ए चेंज'।"

"मैं सोचता हूँ अपने विभाग के सारे काम बोर हैं...आप शायद अभ्यस्त हो चुकी हैं इस बोरियत की।"

"यह बात नहीं, शुक्ला। बात है अपन काम में—चाहे वह कोई भी हो—दिलचस्पी ढूँढ़ने की, दिलचस्पी लेने की।"

"केशवदासजी क्या रोज आते हैं?"

"नहीं, कभी-कभी एक रिपोर्ट तैयार करनी है उन्हें।"

वह और क्या कहती, मैंने ही बेकार पूछा था। शायद वह सवाल आप-से-आप उग आया था वहाँ, कुछ उसकी पिछली कुरेद की प्रतिक्रिया में।

"अच्छी बात है..." रचना साफ उखड़ गई थी।

"आप कैसे जाएँगी?"

"अमरू के साथ ही, वही मुझे लाया था।"

और वह मुड़कर चली गई, बिना किसी और औपचारिकता के। केशवदास की बात से एकदम कट गई थी, मुझे भी कोई तमाचा तो जड़ना था। उसे गुरूर है कि अमरू उसे लेने गया था...उसे अच्छा लगता है यह जताना कि लोग उसके चक्कर काटते हैं, अब भी। जैसा वह अमरू, एक निहायत ही कमजोर आदमी। केशवदास के लिए यह

कितना गिर चुकी है यह सब जानते हुए, इससे नफरत करते हुए भी उसे लेने-छोड़ने घर जाता है...उसकी हरकत ठेठ दीवानों-जैसी लगी।

रचना से बात जरा ही देर को हुई और वह पीछे छोड़ गई ढेर-सारी कड़ुवाहट, जो मेरे अगले कई दिन खराब करनेवाली थी। पूछती है—'आप केशवदास की लड़की को पढ़ाते हैं?' इसके प्रत्युत्तर में मुझे पूछना चाहिए था—'आप, केशवदास की रखैल हैं! क्या कोई और नौजवान नहीं मिलता आपको?' मुझे कोफ्त हो रही थी कि मैं उसे कुछ सुना नहीं पाया। इस तथाकथित 'डीसैन्सी' ने आदमी को दरअसल डरपोक, दिखावी और न जाने क्या-क्या बना दिया है।

लौटते समय मुझे काफी जोरों से लगा कि मैं हीनभाव का शिकार हूँ और शायद इसी वजह से इस सारे उलझाव में जकड़ा हुआ था। वक्त पर कुछ उगलकर सारी मिसमिसाहट दूर कर देता, यह हिम्मत मुझमें नहीं थी। मैं कायर था कि उस छोकरी के सारे कारनामे जानते हुए भी उसके आगे एक दुम हिलाता कुत्ता हो गया था, उस वक्त भी जब उसने मेरे मुँह पर थूक डाला था एक तरह से...

पर हीनभाव या ऐसे किसी और शब्द में एक पूरे आदमी को परिभाषित करके रखा जा सकता है क्या...उस शब्द या किसी और शब्द में इतनी क्षमता हो सकती है...और यहाँ आकर उस उबाल को पाले रहने और उससे किसी स्तर पर भिड़ते रहने में ही मुझे पौरुष दिखाई देता।

मैं सब कुछ देखते हुए भी अपने रास्ते आराम से जा सकता था जैसे लोग कुछ लोगों को लड़ते-पिटते देखकर 'बैल', आवारा या ऐसा ही कुछ और कहकर सामने अपनी रफ्तार और तेज कर देते हैं।

एक बात साफ थी, मेरी कड़वाहट फैलकर एक आक्रोश में तन चुकी थी...अन्दर कुछ मकड़ी के जाले-जैसा कब से तनता चला आया था...और आज वह ऊपर उछल आया था। इस तरह कि मैं...और गौर से देखनेवाला कोई बाहर का भी उसे देख सकता था। रचना और

केशवदास का नाम साथ-साथ बैठाने में एक पैनी-पैनी-सी खुश्की मेरे तलुओं में चुभती थी।

वह हीनभाव-जैसा जरूर था कुछ क्योंकि रचना के सभी साथियों को मैंने रश्क से जरूर देखा था, कभी-न-कभी। मैं उसका आत्मीय बनते-बनते ही रह गया था। चीजों के स्वाभाविक विकास की प्रतीक्षा में ही वक्त बीत गया था और फिर यहाँ आकर वह कुछ और ही हो गई थी। कुछ यह भी था कि इस औरत ने मुझे पास घसीटने के साथ-साथ डंक भी जब-कब कई-एक मारे थे और वह भी उन बिन्दुओं पर जहाँ आदमी बौखला-बौखला पड़ता है...उसकी यह आदत भी उतनी ही आम थी जितना हर किसी के साथ आत्मीय होने का दिखावा कर जाने की...और यह दोनों उसके खून में इतने नीचे तक थे कि आदत-जैसे अलग-अलग भी नहीं दिखाई देते थे।

मैं जानता था उसने ये सलूक अपने सभी आशिकों के साथ किए होंगे...पर वे झेलते चले गए थे...मुझे यह दोनों खूबियाँ ठेठ रंडी की लगी थीं और मैं बिचक पड़ता था, लौटने की सोचने लगता था...

और अब यह हालत थी कि मेरा आक्रोश केशवदास और रचना के नाम अलग-अलग बैठाने में भी भड़कता था।

बात कुल मिलाकर नाटकीय ही थी...

तो क्या फिर मेरा विद्वेष सिर्फ एक-दो उन शब्दों के ही लिए था जिन्हें केशवदास अनायास ही कह गया था, एक खास मूड में जिसमें हो सकता है वह बस यों ही रहा हो।

केशवदास! केशवदास!!

एक नारा! एक नाटक!!

और सचमुच ही कुछ दिनों में ही मैंने खुद को नारेबाजी और

नाटक के बीच पाया, तब जबकि व्यक्तिगत स्तर पर मैं खुद को केशवदास से मुक्त करने में लगा हुआ था।

वे छह-सात लोग थे जिन्होंने दस्तक दी उस रात। वह किसी बड़े झुंड का कोई कटा हुआ हिस्सा लगता था।

''सॉरी, जरा ऊपर आइए।''

बला-सी टाली जाती औपचारिकता थी उनकी—सिर्फ एक शब्द...सॉरी! और फिर उसके बाद लगभग अधिकार के स्वर में एक आज्ञा। झुंड वैसे भी औपचारिकता के ऊपर होता है।

ग्यारह बजे थे, मैंने बत्ती जलाकर देखा। मुझे खीझ हुई फिर भी दरवाजा खोल दिया था क्योंकि ऐसी बातें उतनी आम नहीं हैं।

''जरा ऊपर आइए।''

एक और आज्ञा। वे मुझे बोलने को अवसर ही नहीं दे रहे थे, न ही कुछ समझाना चाहते थे, सिर्फ इसलिए कि वे कई थे।

मैं गाउन भी डालना भूल गया, घिसटता हुआ चला गया ऊपर, थोड़ा इस जोश में भी कि कहीं कुछ घटनेवाला है आखिर।

वे तीसरी मंजिल के एक घर में घुसे, अन्दर एक कमरे से गुजरे जहाँ एक औरत बच्चों के सोने का इन्तजाम कर रही थी। एक मामूली-सी दिखती महिला...चुस्त कपड़ों में। उसने साड़ी के ऊपर कमर का हिस्सा बड़ी खूबसूरती से खोल रखा था, पर पेट में दाग नजर आते थे। जहाँ तक सिजेरियन के थे।

वह कुछ वाकई कर रही थी या बस हमें देखकर कुछ झाड़-पोंछ यों ही करने लग गई थी, मैं ठीक से निश्चित नहीं कर पाया। मैंने नमस्ते की...औरों ने वैसा कुछ नहीं किया।

कमरे से निकलकर वे बॉलकनी के नुक्कड़ पर आकर खड़े हो गए और सामने देखने लगे। उस पचमंजिली इमारत में फ्लैट आमने-सामने थे इसलिए वहाँ से सामने का सब कुछ देखा जा सकता था। उनमें से एक कुछ इधर-उधर हिला, कई जगहों और कोणों से सामने

कुछ देखता रहा। मैं कुछ पूछना चाहता था। जिस फ्लैट में हम थे वहाँ की बत्तियाँ बुझा दी गई थीं और एक सहमी-सी खामोशी हमारे इर्द-गिर्द थी।

गिरोह का नेता कुछ निराश दिखा। वह उस इमारत के रहनेवालों के संघ का सचिव था...'कमऑन' कहकर लौट पड़ा। और सब भी उसके पीछे-पीछे बाहर चले आए, मैं भी। लौटते समय मैंने महिला से नमस्ते नहीं की।

वे बाहर आकर गैलरी के एक मोड़ पर रुक गए और मुझे लगभग घेरकर खड़े हो गए।

"अब उन्होंने पर्दे खींच लिये हैं, वरना आप भी देखते," नेता ने बात शुरू की।

मैं मामला कुछ-कुछ समझने लगा था। वे किस कमरे की बात कर रहे ये, यह भी अन्दाज लग गया था। गिरे पर्दों का फ्लैट नम्बर मैं भाँप गया था।

"स्कैंडल तो काफी दिनों से चल रहा है," दूसरा बोला।

"कौन है..." मैंने संजीदगी से पूछा।

"कोई मोटा लम्बा-सा आदमी, हर रोज आता है।"

"वे सेकंड-शो भी जाते हैं, अक्सर।"

"हमें कुछ सोचना चाहिए।"

कुछ देर तक वे चुप रहे। कुछ बोलने के लिए तैयारी...कुछ सोचना-जैसा दिखाता हुआ मैं भी साँस खींचे रहा, फिर मैंने अपनी बात धीमे से रखी।

"घर तो उसका अपना है।"

"साब डीसैंसी, भलमनसाहत भी तो कोई चीज है!"

"हमारे बीवी-बच्चे हैं।"

वे तुनक उठे थे, कौन क्या बोल रहा था यह अलग से पकड़ा नहीं जा सकता था। बीवी-बच्चों से उस बात का क्या ताल्लुक...शायद

असर की बात थी। मैं कुछ विक्षिप्त था।

''वह शादीशुदा है!'' मैंने फिर सफाई देने की कोशिश की।

''तो क्या साब...हस्बैंड कभी रहता ही नहीं इधर।''

वे उलटे मूड में थे, कुछ अपेक्षा करते थे मुझसे...यह उनके चेहरे से साफ जाहिर था। मुझे कुछ अच्छा लग रहा था कि आखिर मैं उस इमारत में कुछ महत्त्व का व्यक्ति हूँ, लोग मुझे भूसा नहीं समझते। वे मुझसे मश्वरा करने आए—एक उस बात पर जो सारी बिल्डिंग से ताल्लुक रखती है, कम-से-कम उठाई तो ऐसे ही गई है। मैं ऐसा दिखाने लगा जैसे बात की तह तक जाने की कोशिश कर रहा होऊँ...

''हो सकता है करीबी हो कोई...'' मैंने कहा।

''अजी, करीबी ही तो होते हैं।''

सामनेवाला हँसा, मैं झेंप गया।

''तो किया ही क्या जा सकता है...'' मैं कुछ तीखेपन से बोल गया इस बार। उसके उस तरह हँसने से मैं कुढ़ गया था हालाँकि अन्दर कहीं से उस सारे मामले पर मैं खुश था।

''वह शायद आपके विभाग की है, आपकी जान-पहचान है, आपका आना-जाना है...'' नेता बोला।

''तो... ?''

''आप कुछ समझाइए...इस पर कुछ सोचिए...आइए चलें...''

वे काफी बुद्धिमान लोग थे...उन्होंने एकतरफा फैसला दे दिया था। मुझ पर जिम्मेदारी डालकर वे मुक्त हो गए थे। मैं पसोपेश में था। उसके विभाग का हूँ तो क्या कर सकता हूँ...फिर यह गाँव नहीं है, दिल्ली है—मूलाधिकारों का शहर। ताज्जुब था कि शहर में भी और वे लोग जो खासे पढ़े-लिखे हैं, अफसर हैं, वे भी ठीक वैसे ही सोचते हैं जैसे कस्बे में अपढ़ लोग।

हम नीचे आ गए थे। वे टहलने के अन्दाज में एक तरफ जाने लगे।

आप जानते हैं पढ़े-लिखे लोग अपने मामले में किसी किस्म की दखलन्दाजी पसन्द नहीं करते...मैंने अपनी जिम्मेवारी कम करने की कोशिश की, पर वे फौरन ही बरस पड़े।

"तो साब, सबके तरीके होते हैं...कहीं होटल चले जाएँ...कम-से-कम पर्दे तो खींच लें...यह क्या कि सामने बैठकर चूमा-चाटी चालू..."

"यह कार है...रोज आता है आजकल..."

केशवदास!

मुझे लगा जिस बात से मैं अपने छोटे-से वृत्त में जूझा हुआ था वही फैलकर पूरी इमारत पर छा गई है। आखिर वह बात इतनी फालतू नहीं थी। मुझे अपने उन तमाम दिनों के तनाव पर अब कोई पछतावा नहीं था। उस मामले का समाज से सम्बन्ध था।

"आप कुछ सोचिए इस पर...गुडनाइट!"

नेता चला गया। उसके चमचे भी पीछे-पीछे चले गए। खाने के बाद के टहलाव के दौरान उन्होंने एक काम भी निपटा लिया था, एक जिम्मेवारी भी सौंप दी थी।

मैं सवेरे कुछ देर से ही जागा, जागते ही नारे सुनाई दिए...क्या वे केशवदास के लिए मोर्चा बना रहे हैं...तब तो मजा आ गया।

मैं बाहर बालकनी पर आया—सामने की ऑफिस में कोई जमाव था। वहाँ एक लाल झंडा गड़ा हुआ था और बगल में कपड़ों के बोर्ड से चिपकाए कुछ और डंडे गड़े थे—'हम सब एक हैं'...'मजदूर संघ जिन्दाबाद' एक किनारे एक छोटा-सा झंडा और था—'भारत माता की जय'।

नारों के बाद एक भाषण देने के लिए कुर्सी पर खड़ा हो रहा था।

वे हड़ताल की तैयारी में थे और उस दिन दफ्तर आनेवाले हर

आदमी को बाहर ही रोकनेवाले थे।

एक-दो साइकिलवाले उतरकर जमाव की पिछली परत पर जा चिपके और भाषण सुनने लगे। वह गर्दन फाड़-फाड़कर भाषण दे रहा था और मुझे कुछ साफ सुनाई नहीं पड़ रहा था।

कुछ ऐसी भी बातें हैं जो मर-मिटने लायक होती हैं...मुझे एक प्रसिद्ध उक्ति याद आई।

मुझे कुछ सोचना चाहिए।

जिस बात को दिमाग से बाहर फेंके दे रहा था उसे, पकड़कर फिर अन्दर बिठाना था और फिर उसकी चित्ती-चित्ती उड़ानी थी, अन्दर-अन्दर नहीं, बल्कि बाहर-बाहर...क्योंकि वह बात मेरे व्यक्तिगत सोच से कहीं ऊपर उठकर सामाजिक सोच बन चुकी थी। अब समाज की नैतिक शक्ति मेरे पीछे थी। जो मैं अपने व्यक्तिगत स्तर पर करने जा रहा था...उस तरह बात से मुकर बैठना जबर्दस्त कायरता होती, समाज के साथ कितना बड़ा विश्वासघात होता। मैं अपने छोटे स्तर पर ही सही, समाज के काम में लग सकता था। यह एक इत्तफाक था कि मेरी ही जंग बाहर जिहाद बनी फैली बैठी थी और मुझे उसमें सिर्फ शामिल होना था।

मिसेज शर्मा से कुछ कहने की जरूरत नहीं समझी मैंने। मैं अपना नया व्यक्तित्व केशवदास पर इस्तेमाल करना चाहता था—मैं एसोसिएशन की तरफ से जा सकता था उसके पास, उसे नीचा दिखा सकता था, उसकी बीवी से कह सकता था, उसके अफसर या मिनिस्टर से कह सकता था। कुछ भी कर सकता था।

अगले इतवार को ही उसकी तरफ गया।

वह बाहरवाले छोटे कमरे में बैठा हुआ मिला (वह अमूमन ड्राइंगरूम में ही मिलता था), नीली तहमद पर मैला-सा कुर्ता डाले हुए। दो और थे—चमचे उसके आस-पास हमेशा रहते भी थे—एक सलवार-कमीज, पठान-छाप मूँछोंवाला, दूसरा पैंट-कमीज...साधारण

टाइप। लोग आराम कुर्सियों पर थे जबकि यह खुद मेज से सटी एक साधारण कुर्सी पर बैठा हुआ था, आधे शरीर से मेज पर टिका हुआ—वाकई एक लम्बा और मोटा राक्षस-सा आदमी था केशवदास।

पैंट-कमीज ने एक कुर्सी मेरे लिए लगा दी। केशवदास बुत बना बैठा ही रहा।

"चाय पिओगे?" उसने अपनी चाय की चुस्की भरते हुए कहा।

"नहीं, कुछ ठंडा चल सकता है।"

"ठंडा तो सिर्फ पानी होगा।"

वह कुछ घिनौनेपन से हँसा, हमेशा की तरह उसने मुझे दूसरे जुमले में ही काट दिया था। दरअसल यह मुझे समझना चाहिए था कि कोई और उसके सामने उस तरह की रईसियत से पेश आए, यह उसे गवारा ही नहीं बैठता था। वरना मैं जानता था कि उसके यहाँ दर्जनों कोकाकोला पड़े होंगे। उसने पानी के लिए आवाज भी दे डाली थी, बिना मेरी 'हाँ' की प्रतीक्षा किए हुए और अब कुछ दार्शनिक अन्दाज से बाहर की तरफ देख रहा था, कुछ इस तरह जैसे वहाँ सभी से वह कुछ उम्दा नस्ल का आदमी था।

मैंने देखा कि उसका शरीर अब भी खासा पुष्ट था। सूट या पैंट-बुश्शर्ट में वह एक सिलबिल बुड्ढा लगता था, पर कुर्ते में उसके चौड़े कन्धे साफ उभर रहे थे। अपनी उमर में वह जरूर एक पट्ठा रहा होगा, गोकि अब तकरीबन खत्म था—उसके चेहरे का मांस जगह-जगह से झूल आया था, गले पर मोटी झुर्रियाँ थीं और होंठ मोटे और काले थे। कुल मिलाकर अब वह न केवल बदसूरत था...बल्कि घिनौना लगता था...क्या था जिसके लिए रचना या मिसेज शर्मा उसे पसन्द करती थीं?

मैं हर बार ही उसे और ज्यादा गौर से देखने लग जाता हूँ, मुझे लगा।

पानी पीकर मैंने अपनी जेब से एक सिगरेट निकाली। उसने कहीं से देख लिया, दियासलाई के साथ अपनी बढ़ा दी।

"लो, यह पीओ!"

उसके हथियार पुराने ही थे। मुझे हिन्दी फिल्मों के वे दृश्य याद आ रहे थे जहाँ लड़ाई के पहले सिगरेट होती है।

"मेरी एक कम होगी, सिगरेट से भी गैस बनती है..." वह सलवार-कमीज़ से कह रहा था।

इसी बीच मिसेज़ केशवदास कुछ मठरियाँ, बिस्कुट, दालमोठ दे गईं। उसने मेज पर रखकर पहले अपनी मुट्ठी भर ली, बाद में पैंट-कमीज से कहा—'कुछ इन्हें भी खिलाओ'—जैसे कह रहा हो कि इस घोड़े को जाकर पानी दिखा लाओ।

लम्पट कहीं का! मैंने मन में उसे एक कड़क गाली दी। ये दो वहाँ पर न होते तो शायद मैं खुलकर भी कुछ कह ही डालता क्योंकि एक तो मैं भरा हुआ आया ही था, दूसरे हमेशा की तरह वह मुझे बस नीचा महसूस कराने में लगा हुआ था।

कुछ लेने को साफ मना करने के अलावा मैं अपना रोष किसी और तरह न प्रकट कर सका तब।

वह पंजाबी में सलवारवाले को अपना किस्सा सुना रहा था—एक आदमी ने उसे लंच पर बुलाया। वह भूल गया और किसी दूसरी जगह खाना खा बैठा। जब उसे याद दिलाया गया कि भाई लंच तो इधर था तो वह पहले तो शर्मिन्दा हुआ—बाद में बोला, कोई बात नहीं, आ जाता हूँ और वहाँ भी उसने पूरा खाना खाया...

वह हँसा, वे दोनों उसका मुँह देखकर खास चमचेवाली हँसी हँसे, मेरी ही-ही भी पीछे आ जुड़ी। वह बिस्कुट कुतरते हुए फिर बाहर देखने लगा। कहीं से फोन आया। उसने बाहर देखते हुए ही उठाया और एक-दो वाक्यों में जवाब देकर रख दिया। फोन आने पर किसी को कहलवा देना कि साहब बाथरूम में हैं, या फिर यों एक-दो शब्दों में टाल देना भी वह बादशाहत में गिनता था।

"क्या खबर है?" वह मेरी तरफ मुखातिब हुआ।

मैंने सोचा कि यह उम्दा मौका है। उससे शालीनतावाले सभ्य-सभ्य स्वर में कहा जाए कि कुछ अकेले में जरूरी बातें करनी हैं, बाद में उसे बताए कि वे आए थे। उसे सतर्क हो जाना चाहिए आखिर उस पर कीचड़ हम पर, सारे विभाग पर कीचड़ है...वह क्या कहेगा—ज्यादा-से-ज्यादा एक सूखा-सा 'थैंक्स' या 'आप अपना काम देखिए'। ऐसे नहीं...उसे अच्छी तरह लथेड़ा जाए—वह एक जिम्मेदार अफसर, दो बीवियों का पति और सात बच्चों का बाप, एक-दो का बाबा-नाना भी होगा, साला गैस का मरीज है, उसकी उँगलियाँ काँपती हैं...और वह अपनी लड़की जितनी उम्रवालियों के साथ...

पर वहाँ दो और थे। मैंने इन्तजार करना बेहतर समझा, सिर्फ 'कुछ खास नहीं' कहकर रह गया।

वह बिस्कुट-पर-बिस्कुट कुतरे जा रहा था, शायद अपने ही किस्से को याद करते हुए। कुतरते वक्त वह बाहर देखता था, बड़े ढीलेपन से और तब सब खामोश उसके मुँह की तरफ देखते थे कि वह कुछ शुरू करे तो बात हो। वहाँ बात भी सिर्फ वही होनी थी जो वह करना चाहता था।

बिस्कुट खत्म करके वह कुछ तन उठा—"रम्मी, ये ले जाना, अब नाश्ता नहीं चाहिए..." उसने आवाज दी और उस आदमी की तरफ मुखातिब हुआ जो नाश्ता और कुर्सी वगैरह लाता रहा था।

वह पंजाबी में कुछ बातें करने लगा। वह आदमी मेरा ही कोई सहकर्मी था, करीब-करीब हाथ जोड़े खड़ा था। तब और कुछ गिड़गिड़ाए जा रहा था, शायद तबादले वगैरह की कोई बात थी। मेरा मन अपनी सर्विस और विभाग के लिए शर्म से भर गया।

कुछ आश्वासन-सा देकर केशवदास ने उसे जल्दी रुख्सत कर दिया। फिर वह सलवार-कमीज की तरफ मुड़ा, उसे भी दूसरे दिन कार भेजने की आज्ञा देकर रुख्सत कर दिया उसने।

मुझे अच्छा लगा कि वह मेरा ध्यान रखता है। वह समझ रहा था

कि मुझे कुछ बातें अकेले में करनी हैं। अब मुझे भी चाहिए था कि जहाँ तक हो बातों को वाकई सभ्य ढंग से रखूँ, सिर्फ इशारा कर दूँ, उसे नंगा न करूँ।

सलवार-कमीज के जाते ही उसने एक सिगरेट सुलगाई, एक गहरा कश लिया और बिना कहीं और देखे काँपती उँगलियों से एक फोन डायल किया।

''हाँ...मॉर्निंग''

...

''बाल?''

''आज क्या खाने का है?''

...

''अच्छा, जो कुछ भी नौकर बना देगा? आपकी अपनी कोई पसन्द भी तो होना चाहिए।''

इस पसन्द को वह कहीं और जोड़ रहा था तभी एक टेढ़ी मुस्कान उसके दाहिने होंठ के कोने से निकल उसी तरफ के चेहरे पर खिंच गई थी। अब उसकी तरफ से ज्यादातर 'हूँ...हाँ' ही हो रहा था, उधर से एक लम्बी कतार थी बात की। वह रस लेते हुए पिघले-पिघले सुने जा रहा था। यह भी साफ जाहिर हो चुका था कि दूसरी तरफ रचना थी। मिसेज़ शर्मा के यहाँ फोन था नहीं, और रचना ही इतनी लम्बी बात करती थी...

उसने जान-बूझकर इसी वक्त फोन किया। मुझे करीब-करीब एक फालतू दीवार का कोई बेकार-सा हिस्सा समझते हुए वह जो चाहे बातें किए जा रहा था। कैसे रस घोल रहा था! किसी की इस हद तक उपेक्षा कितना बड़ा अपमान हो सकती है...उस कमबख्त को फिल्मों में 'खलनायक' का काम करना चाहिए था, बेकार अफसर की कुर्सी तोड़ रहा है। मेरी नसों में आग तेजी से फैलती चली जा रही थी...आगे और आगे...

"अच्छा कड़ा है? मुझ पर तो कड़ापन नहीं दिखा।"

शायद मि. गर्ग की बात थी। वह फिर 'हूँ-हूँ' करने लगा। शायद उसे सिर्फ उधर की आवाज सुनने में ही मजा आ रहा था। उसके काले होंठ अकसर मुस्कान के अन्दाज में ऊपर गाल की तरफ उठते...तब वह छँटा हुआ गुंडा लगता। बीच-बीच में वह काँपती हुई उँगलियों से कश लेता। मैंने देखा कि उसकी गर्दन काफी मोटी और झुर्रियोंदार थी पर नंगे पैर अब भी कसे हुए और काफी पुख्ता थे...

अगर वे सब इसे एक रात घेर लें और अच्छी मरम्मत करें तो कुछ नहीं कर सकेगा वह—रिपोर्ट भी नहीं कर पाएगा, मैं भी ताकत-भर घूँसा उसके पेट में जड़ दूँगा, साले की गैस निकल जाएगी। इसने देख लिया तो जरूर किसी-न-किसी तरह ऑफिस आकर बदला निकालेगा... औरों का तो शायद ही कुछ कर पाए क्योंकि वे दूसरे विभाग में थे...मुझे हिफाजत के लिए पहले ही उसके सिर पर बोरा-जैसी कोई चीज डाल देनी होगी, बाद में दे मार...दे मार...

"मुलाकात होगी..."

...

"कल तो शाम को सेक्रेटरी के डिनर में जाना है!"

...

"ठीक है।"

...

"हाँ।"

...

"ओ के।"

उसने फोन रख दिया। वह खुश था। यदि मैं न होता तो शायद ओ के के बाद डियर जोड़ता। यह जाहिर हो गया कि यह फोन करने के लिए ही उसने उन दोनों को टरका दिया था। मुझे नहीं खिसकाया...इसलिए कि मुझे तो कुछ समझता ही नहीं और मुझे जताना

भी चाहता है कि वह मुझे कुछ नहीं समझता...मेरी उपस्थिति और कमरे में एक मच्छर की उपस्थिति बराबर है उसके लिए।

"आप नहाएँगे?" मैंने पूछा।

"नहाऊँगा, एक बजे करीब...फिर लस्सी पीकर सो जाऊँगा, अभी तो आपसे बाते हों..."

वह खुद को आदतन जरूरत से ज्यादा महत्त्व दे रहा था। वह भरभराकर गिर पड़ेगा क्या, अगर मैं सीधा बता डालूँ कि वे आए थे और वे उबल रहे हैं, अब यह कभी उस तरफ गया तो...पर बात को कहाँ से शुरू करूँ—यह सोच रहा था।

तभी कमरा झाड़नेवाली उधर आ पहुँची। मैं उठा कि ड्राइंगरूम में बैठा जाए। पीछे-पीछे वह भी अपनी तहमद बाँधता हुआ कुछ लँगड़ाता-सा आया।

"अच्छा भाई..." कमरे में घुसते ही वह बोला।

मैं चौंक गया, अभी-अभी वह कह रहा था कि आपसे बातें हों, और अब वह खड़ा था इस तरह जैसे बाथरूम जाना चाहता हो। शायद वह कुछ खाकर उठता होगा, तो फौरन ही बाथरूम के लिए दबाव महसूस करने लगता होगा।

"इस चिक का रंग उड़ गया है, गरमी के लिए शीशों में रंग करा लें।"

"नहीं, तब दस बजे से ही सारी चिकें गिरा देने से ठंडक रहती है...फिर चिक के ऊपर इधर पर्दे आ जाएँगे..."

वह फिर सान पर चढ़ रहा था। मेरी बात कहीं खोई जा रही थी...मैं ढूँढ़कर उसे 'फायर' कर देना चाहता था, भले ही संक्षिप्त रूप में होने से वह उतनी सभ्य न निकले।

"ओ के दैन...थैंक्स फॉर कमिंग।"

कहकर उसने हाथ मिलाया और मेरे जाने का इन्तजार किए बिना अन्दर घुस गया।

मैं उसका चेहरा देखता रह गया, जब चेहरा नहीं था तो उस भारी-भरकम शरीर को पीछे से देखता रहा। कुछ समझ में नहीं आ रहा था कि क्या हुआ और मैं अब क्या करूँ...वह जादूगर तो नहीं था कि हर कुछ भाँप जाता है और उसे पहले से ही काटकर निकल जाता है।

मैं तब अपने-आपको दुनिया का सबसे बेवकूफ आदमी लग रहा था। मेरे लिए उसने यह मौका भी नहीं छोड़ा कि मैं मिसिज केशवदास या रेशमा के पास ही अलग से थोड़ी देर को बैठ सकता। दरअसल मेरा मन भी नहीं था। वह मैं करता भी तो सिर्फ एक दिखावा के लिए—कि केशवदास को मेरा आना-जाना दोनों ही सहज दिखाई दे। अब उसकी जरूरत नहीं थी। जब वही अपनी तरफ से कुछ उठा नहीं छोड़ता, हर बार ऐसी कोशिश करता है कि हमारी घनिष्ठता खत्म दिखाई दे तो मैं ही क्यों...

बाहर निकलते समय बगल में आगे का वह कमरा पड़ा जहाँ हम थोड़ी देर पहले बैठे हुए थे। अब वहाँ आकर रेशमा पढ़ने बैठ गई थी—उसकी पीठ खिड़की की तरफ थी। उधर से गुजरते हुए मैंने खिड़की से ही उसके बाल बिथेड़ दिए पीछे से...बस यों ही अनायास। उसने पीछे देखकर एक साफ मुस्कान मेरी तरफ फेंकी...चौंकने का-सा दिखाया पर दरअसल वह चौंकी नहीं थी।

मैंने हाथ हिलाया और बाहर निकल आया।

उसके रूखे बाल अच्छे थे और चेहरा उससे भी ज्यादा अच्छा...

रेशमा को मैंने पहले कभी इतने गौर से नहीं देखा था। वह खूबसूरत लगती थी...नई उम्र की चमक और ताजगी उसके चेहरे पर थी। लम्बी वह अवश्य कुछ अतिरिक्त थी...पर वह दोष उसके सलवार-कुर्ते में होने से अक्सर छिपा ही रहता था। मैंने उसे

गाउन में भी देखा था एक बार, तब उसके तेजी से औरत होने का अनुमान हुआ था। साड़ी में वह पूरी औरत लगती थी। उससे बातें खूब होती थीं—पर ज्यादातर पढ़ाई, साहित्य के इर्द-गिर्द ही। इसलिए काफी हद तक मामला औपचारिक रहता था।

उस शाम मैंने उसके बालों के उड़ने और उसकी मुस्कान में एक ही बात देखी...अल्हड़ता। उसकी वह तस्वीर अगले कई दिनों तक गुदगुदाती रही मुझे। मैं उस तस्वीर का पीछा भी करने लगा। एकाध बार फोन पर उसे बुलाकर बातें कीं। मेरा ऐसा अनुमान था कि मेरा उसके लिए ही फोन करना या सिर्फ उसी से बात करना रेशमा को भी अच्छा लगता होगा। अभी तक उस घर से मेरा सम्बन्ध केशवदास के मार्फत ही था। वह मेरा बड़ा अफसर और मैं... । रेशमा से जो सम्बन्ध बन रहा था उसमें हम दोनों ही बराबरी के थे।

उसकी परीक्षा का आखिरी दिन था और मैंने उसे परीक्षा-भवन के बाहर मिलने को राजी कर लिया था। परीक्षा-भवन से निकलते-निकलते ही अँधेरा उतर आया था...क्योंकि वे जाड़े के दिन थे।

''कैसा किया...'' वह बाहर निकली तो मैंने पूछा।

''ठीक नहीं गया।''

''तुम्हारी आदत है अपने किसी भी काम को कम आँकना। इसी तरह अपने बारे में भी तुम सोचती हो, जैसे कि बहुत मामूली हो, छोटी हो। दरअसल तुम नहीं जानती कि तुम क्या हो!''

वह झेंपी पर खुश भी हुई, हँसने में उसके जबड़े कुछ बाहर को आ गए, हमेशा की तरह। ज्यादा बड़े मसूड़े शायद ही किसी पर अच्छे लगते हों, उस पर वे आकर्षक लगते थे...इसलिए कि उसके दाँत काफी सफेद थे।

''कॉफी पिओगी? थक गई होगी...तीन घंटे लगातार लिखते रहने से...और फिर कल भी तो पर्चा था तुम्हारा।''

''नहीं, घर पर पिऊँगी...मम्मी-डैडी इन्तजार करते होंगे।''

''आओ भी...ज्यादा देर नहीं लगेगी...कुछ देर हो भी जाए तो कह देना मैंने रोक लिया था।''

मैं उसे कुछ अपनी दबंगता दिखाना चाहता था, कुछ तैयार भी था कि आखिर सिर्फ इसी बात पर कोई क्या कर लेगा मेरा। एक तरह से अच्छा ही था कि केशवदास जाने...कमबख्त जानेगा तो कि घुलना क्या होता है। ''यहाँ कोई अच्छा-सा रेस्तराँ है पास में कहीं?''

''हाँ, 'फाउंटेन' है...'' उसने बताया।

जब हम फाउंटेन में घुसे तो मुझे ताज्जुब हुआ। वह एक सड़ियल-सी जगह थी, एक अपनी तरह की अजीब उबास लिये हुए। यह जरूर था कि वहाँ बहुत कम लोग थे। शायद वह इसीलिए यहाँ लाई होगी। सीटें ऊबड़-खाबड़ थीं और जहाँ कहीं से फटी हुई साफ दिखती थीं। ऊपर भी बैठने की जगह थी जो और भी मैली दिखती थी...पर उस किनारे एक जोड़ा काफी सटा-सटा बैठा था, अपने आपमें खोया हुआ। ...एक धुर काला लड़का और एक फक्क सफेद लड़की। शायद वह यूनिवर्सिटी के प्रेमयुगलों का रेस्तराँ था।

हम एक कोने की सीट पर बैठ गए। अब मुझे उसका इस रेस्तराँ का चुनना अच्छा लग रहा था। उसका मेरे साथ यहाँ आना...इसके पीछे यह तो झलक ही गया कि मेरे साथ किस तरह के सम्बन्धों की आकांक्षा थी उसके मन में।

''कुछ खाने को लोगी?''

''नहीं, सिर्फ कॉफी।''

मैंने ऑर्डर दे दिया। मैंने देखा, वह सिर झुकाए बैठी थी।

''चुप क्यों हो?'' मैंने कुरेदा।

वह कुछ नहीं बोली।

उस सस्ती-सी जगह का एक खास प्रभाव था। मैं जैसे फिर लौटकर अपने यूनिवर्सिटी के दिनों में आ गया था। फिलहाल मेरे साथ एक लड़की भी थी जिस पर और लोग रश्क भी कर सकते थे...पर

लोग वहाँ नहीं ही थे...न ही आते होंगे। अब तक एक और जोड़ा आकर एक सीट पर बैठ गया था, हमसे पीछे एक मेज छोड़कर। वहाँ आनेवाले जोड़ों में एक मूक समझौता था, एक-दूसरे का मजा किरकिरा न करने का...कुछ ऐसी ही बात वहाँ के बेयरे और मैनेजर के बारे में कही जा सकती थी।—वे सब-कुछ देखते-समझते हुए भी सिर्फ अपने काम में व्यस्त दिखाते हुए घूमते थे। मुझे वहाँ काफी पहले आना चाहिए था।

"क्या सोच रही हो?"

"मैं सोचती हूँ...अगर किसी ने देख लिया तो?"

धत् तेरे की! मेरा खयाल था कि वह कोई बड़ी बात सोच रही होगी। इतना पढ़ने-लिखने के बाद और वह भी इस बड़े शहर में! शायद वह दबी-दबी रही थी बचपन से ही।

"तो क्या होगा...कॉफी ही तो पी रहे हैं।" मेरे स्वर में थोड़ी नाराजी अपने आप आ गई थी।

"मैं अब कभी नहीं आऊँगी इस तरह।"

उसे एक गरम-गरम गाली दे डालने की तबीयत हो आई मेरी। वह अहमक थी, आखिर केशवदास की औलाद थी। अगर वाकई केशवदास इधर आ निकले इस वक्त तो...उसे खराब तो लगेगा ही...फिर उस जैसे औघड़ व्यक्ति से यह अपेक्षा करना कि वह चुप चला जाएगा यह भी गलत था। वह सीट तक आएगा, मुझसे शायद ही कुछ कहे, रेशमा को एकदम उठ आने का हुक्म देगा...यहाँ तक मुझे बोलने की कोई जरूरत नहीं थी...अगर उसने हमेशा की तरह यहाँ भी मुझे लथेड़ना शुरू किया...या वह कुछ अनाप-सनाप बका...तो मैं जरूर उसके कारनामों का कीचड़ उसके मुँह पर थोप दूँगा, उसकी लड़की के सामने, सबके सामने...अगर वह परायी स्त्रियों को छू सकता है तो मेरी इन छोकरियों के साथ तफरीह करने में क्या बुराई है? यहाँ आकर मुझे लगा कि मेरा सोचने का ढंग स्वयं पुराना था। मैं जबर्दस्ती रेशमा को कोस रहा था

कुछ क्षणों पहले। यह भी कोफ्त हुई कि एक अच्छी-खासी लड़की मेरे सामने थी और मैं केशवदास के बारे में सोच रहा था।

"तुम गलत सोचती हो..." आखिर मैंने कहा, "अब बच्ची नहीं हो, अपना भला-बुरा समझती हो। अपनी जिन्दगी खुद जीना कब शुरू करोगी...क्या जब बूढ़ी हो जाओगी तब?"

वह कुछ नहीं बोली, पर उसे बात चुभी थी। इतनी साधारण-सी बात भी इन कुड़ियों की समझ में नहीं आती...मुझे हँसी आने को हो आई कि मैं किस बेवकूफ के साथ बैठा हूँ...पर शायद आदतवश ही औरतें ऐसी बातें कर जाती हैं या वे कुछ ज्यादा ही मासूम दिखने की कोशिश करती हैं।

"जिन्दगी के मायने इम तरह घूमना ही तो नहीं।"

"मैं कब कहता हूँ...लेकिन जो बच्चे बड़े होकर भी मम्मी-डैडी की तरफ हर चीज के लिए ताकते हैं, उन्हें जानती हो अंग्रेजी में क्या कहते हैं?"

"जानती हूँ।"

"क्या?"

"मोरोन।"

"तुम वह तो नहीं बनना चाहतीं?"

"नहीं, मैं इसलिए कह रही थी कि मैं कभी इस तरह किसी के साथ नहीं आई।"

एक और झूठ। नहीं आई तो इस रेस्तराँ का नाम कैसे जानती थीं! केशवदास किसी औरत के साथ यहाँ भले ही आया हो, अपने परिवार के साथ यहाँ कभी नहीं आया होगा। मेरा मन हुआ कह डालूँ...पर वह बात रेशमा के अहं को ठेस पहुँचाती और फिलहाल मुझे काफी सतर्कता से चलना था, ऐसा मैं महसूस कर रहा था।

"तो अच्छा हुआ आना शुरू कर दिया...जितनी जल्दी उतना ही अच्छा।"

''अच्छा, आप मुझसे मिलने यहाँ क्यों आए...घर पर भी मिल सकते थे?''

''इसलिए कि घर पर तुमसे बातें करने को नहीं मिलता।''

''क्या बातें...करिए।''

''कर तो रहा हूँ!''

''बस?''

''हाँ, कर रहा हूँ...करूँगा।''

''ये बातें तो घर पर भी कर सकते थे।''

''इसलिए तो कहता हूँ कि यहाँ बैठकर बातें करने में तुम्हें डरना नहीं चाहिए।''

क्या वह बहुत 'फास्ट' थी...एकदम सीधी बात सुनना चाहती थी, मैं नहीं तय कर सका। मैं इत्मीनान में था, कंट्रोल बटन अपने हाथ में महसूस करता था और मैं अपना पूरा वक्त लेनेवाला था चाहे परिणाम कुछ निकले या नहीं...मुझे यही सुकून था कि केशवदास के साथ न सही, कम-से-कम यहाँ स्थिति को मैं मुट्ठी में पूरी तरह कसे था।

''आप जरूर पढ़ने में तेज रहे होंगे।'' वह थोड़ा-सा हँसी।

मैंने सिर हिलाया, किसी फिल्मी कलाकार की अदा में। ऐसा लगा कि हमारे बीच कोई एक पुल तो था, अब तक दबा हुआ था पर अब धीरे-धीरे उभर रहा था।

खामोशी जो हमारे बीच आ बिछी उसमें मैं आश्वस्ति ढूँढ़ता रहा। हम दोनों के बीच कुछ उग सकता था।

''मैं आपकी कद्र करती हूँ, लेकिन अब आपके साथ इस तरह न आ सकूँगी।''

''ठीक है, मत आइएगा, अभी तो कॉफी पीजिए।''

मैंने झुँझलाकर रस्सी छोड़ दी और अब सिर्फ कॉफी के खत्म होने का इन्तजार कर रहा था। इन लड़कियों से सम्बन्ध बनाने के लिए बड़ा ही धीरज चाहिए। या तो वह श्रद्धा, आदर-जैसी बातें करती, या

कि जैसे अब यहाँ मेरे साथ आने की ग्लानि में कुढ़ रही थी।

कुछ देर खामोशी रही। मैं जब खामोश होता हूँ, बेहद संजीदा दीखता हूँ—शक्ल ही ऐसी है! उसे ऐसा लग रहा था कि मैं संजीदा हो गया हूँ, हालाँकि मेरे लिए संजीदा होने की वहाँ कोई बात ही नहीं थी। जो हो, अब यह मेरी तरफ देख-देखकर और—और मुलायम होने लगी।

"देखिए, मुझे गलत न समझिए।"

मैं चुप ही रहा। गलत-सही की बात तो दूर, मैं उसे समझने की ही जरूरत नहीं समझता था।

"आप नाराज हो गए?" वह चिन्तित दिखी।

मैंने सिर उठाकर उसकी तरफ देखा।

"मैं समझती हूँ आप मेरे बारे में क्या सोचते हैं...लेकिन देखिए...लोग क्या सोचेंगे..."

हाय-हाय! मैं अपना सर थामकर रह गया।

"देखो, तुमसे थोड़ा उम्र में ज्यादा ही बड़ा हूँ पर क्या सिर्फ इसीलिए मुझे तुमसे प्यार करने का कोई अधिकार नहीं?" मैंने बात को काफी तीखेपन से रखा, जो कि मुझे महसूस हुआ कि अनजाने में केशवदास की भाषा बोल रहा था...वह शायद ऐसी ही दलीलें पेश करता।

"मैं लेखक हूँ...मेरे जज्बातों का विस्तार कितना है, मैं स्वयं नहीं जानता..."

मैं सरासर झूठ बोल रहा था...और भी आगे बोलता चला गया, ऐसी ही कई और लम्बी-चौड़ी पर बेकार की बातें। बाजी खत्म थी ही। मैं इसी बहाने कुछ उन दलीलों की कारीगरी क्यों न देख लूँ जो केशवदास के पक्ष में बैठती थीं। वह सुने जा रही थी...कुछ चकित होकर, कुछ परेशान होकर...जैसे किसी बड़े रोल की तैयारी में हो।

"पता नहीं तुम क्या सोचती हो पर मैं...एक तो मैं कभी उन

सीमाओं तक नहीं जाऊँगा जिनसे तुम्हें किसी किस्म का नुकसान पहुँचे या बदनामी हो...और दूसरे, मेरे लिए कम-से-कम यह खेल बिलकुल नहीं है, एक रूहानी जरूरत है..." मैं कह रहा था।

"नहीं, खेल की बात नहीं...मैं सोचती हूँ इस सबका अंजाम क्या होगा...मेरे माँ-बाप पर क्या बीतेगी?"

"सबको अच्छा ही लगेगा...हमें सिर्फ अपनी प्रकृति के अनुसार चलना चाहिए—'इंस्टिक्टिव लिविंग'...जो दिमाग की ज्यादा परवाह नहीं करती...हर चीज सोचने लगो तो जीना गया...बस सोचना ही रह जाता है।"

वह पस्त थी। शायद उसकी समझ में कुछ भी नहीं आ रहा था। मुझे वह एक ऐसी लड़की लगी जो एक अवरुद्ध जीवन की वजह से सुन्न हो गई थी...और अब अपना सुन्न होना उसे स्वयं अखरने लगा था। एक आखिरी इम्तहान था जो अब तक थोड़ा-बहुत बाँधे था। अब सामने कुछ नहीं था जब तक इम्तहान का नतीजा न आ जाता। उसमें सफल होनेवाला उसका स्तर नहीं था...यह वह भी जानती थी...इसलिए सामने कुछ नहीं था जब तक उसकी शादी न हो जाती और वह बच्चे पैदा करने में जा जुटती।

"चलो, तुम्हें भेज आऊँ।"

"मैं चली जाऊँगी।"

"वाह, अकेले कैसे जाने दूँ तुम्हें!"

"हाय रे, सात बज गए, बड़ी देर हो गई!"

"कह देना कि कोई सहेली मिल गई थी, या इम्तहान के बाहर निकलते ही एक सहेली मिल गई और वह घर ले गई।"

"झूठ बोलना भी सिखाएँगे?"

"क्यों, मौके पर वह भी अच्छा ही होता है...हर चीज अच्छी होती है अपनी जगह।"

"नहीं, आप नहीं चलिए...डैडी देख लेंगे तो?"

"तो क्या कहेंगे...कह देना रास्ते में मिल गए, भेजने चले आए...उन्हें तो मुझे धन्यवाद भी देना पड़ेगा।"

मुझे याद आया कि केशवदास ने ऐसा ही धन्यवाद रचना से माँगा उस दिन, जब मैं और अमरू उसके दफ्तर पहुँचे थे।

"आप बड़े हिम्मती हैं।"

"मैं कोई चीज छिपाकर नहीं करता।"

क्या बात थी मेरी। एक लड़की के सामने आदमी कैसे रखता है खुद को, चाहे भड़ाभड़ झूठ-पर-झूठ दागते चला जाना हो।

"वैसे तुम चाहो तो तुम्हें तुम्हारे घर से थोड़ा दूर पर ही छोड़ दूँगा।" उसने यह तरकीब मान ली, यों कि आगे कुछ संकोच नहीं दिखाया। मैंने एक स्कूटर ले लिया।

स्कूटर में ठंडी हवा एकदम पैनी थी, उसने अपना दुपट्टा फैलाकर अपने सिर और छातियों पर लपेट लिया। मैं उससे थोड़ा सटकर बैठ गया। कुछ दूर चलकर उसका हाथ मैंने अपने हाथ में ले लिया और एक मुट्ठी-सी बना ली। उसने मना नहीं किया। उसकी उँगलियाँ मेरी से लम्बी थीं—गोरी-गोरी वे पतली उँगलियाँ और भी अच्छी लगतीं अगर इतना जाड़ा न होता...तब वे कुछ मुरझाई-सी थीं। हमारी उँगलियों की रगड़ से उठती आँच उस ठंड में सुखद थी।

"अब क्या करोगी जाकर?"

"क्या... ?"

स्कूटर की आवाज में कभी काफी जोर से बोलना पड़ता था पर वह अपना कान मेरे मुँह तक कुछ ज्यादा ही पास ले आई थी। मैंने बात दोहराई। कोई खास उत्सुकता नहीं थी जानने की, बस सिर्फ कुछ बात करते रहना चाहता था, वरना क्या पता वह कुछ अनाप-सनाप सोचती रहती।

"कुछ खास नहीं...आज तो पैर फैलाकर सोना है..." उसने कहा।

आगे एक अँधेरी सड़क आई। अँधेरे के उस सिमटाव में गोरी-

गोरी उसकी देह काफी गहरी और चमकीली लगी—मैंने उसकी गर्दन के पीछे हाथ डाल दिया और उसे थोड़ा चिपकाया, वह कुछ सिकुड़ी हुई सिमट आई। मैंने अपना सिर उसके कन्धे पर रख दिया, उसके बालों की जड़ों की खुशबू लेता रहा—बाल जो उस दिन इतने अच्छे लगे थे।

अगले अँधेरे में मैंने उसकी हथेली को ऊपर उठाकर चूम लिया। उसकी हथेली मेरी मुट्ठी में थी ही और वह शायद जानती भी थी कि उसे मुँह की तरफ ले जा रहा हूँ। उसका हाथ बेजान-सा मेरे मुँह तक आया था...आया क्या लाया गया था। वह उदास थी।

उस पर कोई खास गौर करने की जरूरत नहीं महसूस की मैंने। वह उदास है तो आगे नहीं मिला करेगी और क्या...

"डैडी नाराज होंगे...बाप रे!"

स्कूटर से उतरते हुए वह कह रही थी शायद दिखा रही थी कि वह बहुत अच्छी लड़की है। मुझे मजा आ रहा था, इस खयाल में ही कि केशवदास थोड़ा-बहुत ही सही, परेशान जरूर रहा होगा...रेशमा कहाँ रह गई, इम्तहान तो दो घंटे पहले खत्म हो चुका था...

पर वह मेरा खयाल ही था। केशवदास इस-जैसी परेशानियों के लिए बहुत बड़ा बैठता था, छोटे-मोटे हवा के झोंके तो उसके बड़े-चौड़े दरवाजों से सपाट बह जाते थे आर-पार। उसे फुर्सत भी नहीं होगी यह जानने की कि वह कहाँ रह गई थी। इतना बहुत होगा कि उसे मालूम हो कि रेशमा का आखिरी पर्चा था आज...कौन जाने इस वक्त केशवदास भी कहीं...

मैं उसके बारे में कुछ ज्यादा ही सोचने लगा हूँ।

वह ताज्जुब की बात रही हो या नहीं, पर सच थी—कि रेशमा से उस मुलाकात के बाद ही उसका खयाल पानी की एक बूँद की तरह दिमाग से ढुलक गया, जबकि और बातों की तरह उस सिलसिले को तो मुझसे और भी ज्यादा चिपक बैठना चाहिए था। कम-से-कम रेशमा को लेकर मेरी मन:स्थिति योगियों-जैसी थी—उस शाम के लिए न कोई पश्चात्ताप था, न आगे मिलने की योजना या उत्साह...बस वह भी शाम ही थी, सिर्फ एक शाम। आगे क्या मैं उससे मिलूँगा? मिलूँगा या नहीं मिलूँगा...कुछ दिनों बाद मैं इस तरह का सोचता—ऐसा तो हो सकता था पर उसी शाम लौटते हुए मैं उतना हटकर सारी बात को देखने लगा था—यह मेरी भी समझ के बाहर था।

तीसरे दिन ही उसका फोन आया ऑफिस में।

"क्या कर रहे हो?"

"झख मार रहा हूँ..."

वह हँसी। एक साफ हँसी थी, उसने चेहरा हाल ही में साबुन से धोया होगा।

"बस, यही तो बात है, आप बेहद दिलचस्प हैं..."

"मैं सही कह रहा था।"

"मैं लायब्रेरी जा रही हूँ।"

...

"लौटने में थोड़ी देर हो जाएगी।"

...

"अकेले आना पड़ेगा...रात में..."

मैं अब भी चुप था, देखना चाहता था कि वह कहाँ तक खींचती है। वह अकेले घर जानेवाली थी तो चली जाती...मैं क्या उसका चौकीदार था?

"चुप क्यों हैं?" वह लगभग चीखी उधर से।

"पहले सुन तो लूँ।"

"तो क्या नहीं मिल सकेंगे ?"

"आपने मिलने के लिए तो नहीं कहा।"

"तो आप जैसे कुछ समझते नहीं...एकदम दिमाग से उतार फेंका और यहाँ हैं कि सामने ही झूल रहे हैं तब से।"

"कहाँ पहुँचूँ...कितने बजे ?"

"उसी जगह, जहाँ चाय पी थी। साढ़े-छह बजे..."

मैं सोचने लगा मुझे कहीं और तो नहीं जाना। वह एकतरफा हुक्म भी देने लगी थी, एक मुलाकात के बाद ही।

"ठीक है... ?"

"हाँ, ठीक है।"

"सी यू दैन।"

उसने फोन रख दिया, मैं कॉन्वेंट के उस 'सी यू' को कोसता रहा। मैं उसकी आँखों में झूलता रहा हूँ—जहाँ तक यह बात झूठी थी, खुदा न करे सच हो। उसका सच होना सोचकर मैं करीब-करीब रो गया। केशवदास तभी सिर्फ औरतों से सम्बन्ध रखता है। ये अधकचरी लड़कियाँ...इनका जज्बातीपन तो कहीं भी ले जाकर पटक सकता है। मैं कमजोर था...न कैसे करता जबकि उससे मिलने का एक और मौका मिल रहा था। वह अपने आप आ रही थी...नुकसान ही क्या था, बशर्ते कि वह गहरी बातों को सिर्फ जुबान हिला-हिलाकर सूखे पत्तों की तरह झाड़कर नीचे गिराए, महसूस न करती हो। जहाँ तक ऐसा ही था क्योंकि एक ही बार मिलकर यह 'झूलने-वूलने' की बात इस शहर में सिर्फ वही हो सकती थी जहाँ लड़की को चट ब्याह की उम्मीद दिखती होती।

मैं बेकार ही कतरा रहा था। मैंने अपने सारे पत्ते उसके सामने खोलकर रख दिए थे। यह भी नहीं छिपा था कि मैं उम्र में उससे काफी बड़ा हूँ और शादी-वादी की बकवास में पड़ने का कोई इरादा मेरा था ही नहीं। इस पर भी वह मुझे प्यार-व्यार के लायक समझती है तो बन्दा

हाजिर है। वह रोमांस के लायक तो थी ही...उस दिन उसके बाल बिथेड़ने के बाद मैंने ही उसके साथ ऐसी सैकड़ों शामों के ख्वाब देखे होंगे।

शाम तक मैं स्मार्ट हो आया था और साढ़े छह बजे फाउंटेन के सामने उसके इन्तजार में उसी तरह टहल रहा था जैसे यूनिवर्सिटी में अपने पहले प्रेमप्रसंग के दौरान किया करता था। मैं जल्दी नहीं पहुँचा था, वही देर से आ रही थी। प्रतीक्षा करना भी उसका अधिकार हो गया था, एक मुलाकात में।

वही फाउंटेन था जहाँ उसने कभी उस तरह न मिलने की बात की थी।

वह करीब पौने सात बजे उधर दिखाई दी, उसका चेहरा ताजगी में चमक रहा था।

''देर हो गई!''

मैं हलके से मुस्कराया।

''काफी देर से हो क्या?'' उसने पूछा।

''नहीं, सिर्फ दस मिनट से...''

हम अन्दर गए। रेस्तराँ का माहौल पुराना था। मैंने सोचा, रेशमा याद रहे या न रहे यह रेस्तराँ जरूर दिमाग में चिपका रहनेवाला था, खासतौर से उसका आवारापन, कुछ वैसा ही वातावरण जो लापरवाही से छोड़े गए बालों के इर्द-गिर्द होता है।

नीचे ऐसी कोई सीट नहीं थी जहाँ एकदम एकान्त मिलता और आज हम ज्यादा एकान्त मिलता और आज हम ज्यादा एकान्त चाहते थे। एकाएक मेज छोड़कर बैठे हुए थे लोग—वे जोड़े जिनसे यह रेस्तराँ चलता था। सिर्फ एक मेज पर जरूर दो से ज्यादा थे पर था वह भी कोई यूनिवर्सिटी का गिरोह ही।

हम कुछ देर सोचते रहने के बाद ऊपर बढ़ गए। वहाँ सिर्फ तीन मेजें थीं। बीचवाली ख़ाली थी, उसके सोफे फटे हुए थे, घिसाई काफी

होती होगी। उस दिन का वह काला-गोरा जोड़ा याद आया। मेरी बगल में कहीं आधा बी.के. की खाली बोतल औंधी पड़ी हुई थी। बेयरा पानी रखने आया तो मैंने उसे टोका—"क्या गन्दा रखते हो यहाँ...देखो..."

मैं कुछ हिकारत-भरी नजर से देख रहा था। यह बात नहीं कि मैं पीता नहीं, पर मुझे डर था कि तब वहाँ लोग उस बोतल को मुझसे न जोड़ लें। वैसे भी ऊपर की सीटें इस हिसाब से खराब ही थीं, हम नजर में जल्दी आ सकते थे। मुझे थोड़ा डर लगा पर रेशमा के चेहरे पर वैसा कोई निशान नहीं था।

"क्या चलेगा?"

"सिर्फ कॉफी।"

"कॉफी ही लाओ..." मैंने बेयरे से भी दोहराते हुए ही कहा। वह शायद ही हमारा आना वहाँ भूला हो उतनी जल्दी।

"आज कैसे याद आ गई मेरी..." मैंने बात शुरू की।

"क्यों, तुम्हीं ने तो हक दिया है।"

"उस दिन तो तुम कह रही थीं कभी नहीं आओगी इस तरह..." मैं उसे खींचना चाहता था, थोड़ा...उसने एक बड़ी 'ऊँह' में बात को होंठों से सरका दिया।

"रेशमा, मैं तुम्हारे काम का नहीं हूँ।" थोड़ी देर में मैंने काफी संजीदगी से कहा।

"यह तुम्हें सोचने की जरूरत नहीं है।"

वह कुछ ऐसे मूड में थी कि दूसरे को कुछ बोलने ही न देगी...कुछ-कुछ वैसी ही मार जैसी केशवदास अक्सर देता था।

"मैं सोचना हूँ कि मैं शादी-ब्याह के लिए नहीं बना। अलबत्ता कुछ दिन हम जरूर अच्छे-से-अच्छे बिता सकते हैं अगर तुम्हें मेरा साथ पसन्द हो तो..."

"मैं दिल्ली की और लड़कियों की तरह सिर्फ शादी की ही नहीं सोचती—मैं शादी करूँगी ही नहीं..."

मुझे कुछ हँसी आई क्योंकि मैं एक नहीं, कइयों को यह कहते सुन चुका हूँ...यह एक खूबसूरत भुलावा है जो लड़कियाँ खुद को देती हैं...खासतौर से वे जो एक उम्र के बाद भी अविवाहित रह जाती हैं...पर यदि वह वाकई शादी न करे तो हमारी अच्छी निभ सकती थी...वह कहीं अध्यापिका हो जाएगी और मैं वहाँ लेखकों की तरह पड़ा रहा करूँगा। जब तक मन होगा, उसके बाद बहता पानी, रमता जोगी।

''लाइब्रेरी गई थीं?''

''नहीं!''

''तो कहाँ से आ रही थीं... ?''

''घर से और कहाँ से, शक करते हो?''

''जरूरत नहीं है, तुम जैसी हो वैसी ही अच्छी हो, मैं तो सिर्फ इसलिए पूछ रहा था क्योंकि तुम्हीं ने कहा था लाइब्रेरी जाना है।''

''डैडी से तो यही कहकर आई हूँ, सोचा आखिर वक्त तो थोड़ा ही मिलता है।''

बेयरा कॉफी रख गया।

''डैडी काफी कड़ी निगाह रखते हैं तुम पर।''

''हाँ, और वह ठीक भी है।''

''क्या ठीक हैं?''

''यही...हम...लोग गलतियाँ कर सकते हैं...''

वह 'गलतियाँ' भी करती जाना चाहती थी और डैडी के प्रति श्रद्धालु भी बनी रहना चाहती थी।

वह अपने नाखून मेज पर चला रही थी, उसने नाखून बड़े-बड़े पाल रखे थे पर वे आज ही तराशे गए थे। हमारे बीच एक खामोशी थी जो तब डरावनी लगी। इस तरह हम लोगों का ध्यान आकर्षित कर सकते थे।

''मैं डैडी से कहनेवाली हूँ...'' थोड़ी देर बाद उसने खुद में खोए-खोए कहा।'

यह कहना गलत होगा कि मैं थोड़ी देर को सहमा नहीं...वह केशवदास से मेरे बारे में कहेगी? वह भुन जाएगा। कुछ करने की सोचेगा...और तब मैं आराम से कुछ ऐसे मूड में बैठ सकूँगा जैसे सारा कुछ उसकी लड़की उसके खून का ही कुसूर है...मुझे मजा भी आ रहा था और डर भी लग रहा था।

"अच्छा, सच बताओ, तुम मुझसे खेलोगे तो नहीं... ?"

उसने मेरी हथेली दबाते हुए पूछा। मेरा मन तिलमिलाहट से भर आया। उसका सवाल बेहद फिल्माना था और वैसा ही जवाब पाकर वह खुश होती और वह मुझे याद नहीं आ रहा था। पिछली बार उसी ने कुछ ऐसी बात को एक किनारे धकेल दिया था और आज उसी पर आश्वस्त होना चाहती थी...पर मैं तब उस लड़कियाना-सवाल को भी उसके डैडी से कह देनेवाली बात से जोड़ने में लगा था...अगर मैं उससे खेलता हूँ तो वह डैडी से कह देगी...अभी ही कह देगी...कह दे, मेरा जवाब साफ था—वह कोई खिलौना है...या मेरी खिलौना खेलने की उम्र है कोई?

"बताओ न... ?" उसने हाथ और दबाकर पूछा।

आगे की सीट पर तीन थे, इधर-उधर लड़के और बीच में एक लड़की...वे दोनों तरफ से उसे छेड़ रहे थे। इस बार एक ने उसके एक गाल पर, दूसरे ने दूसरे गाल पर चूम दिया। मैंने अपनी हथेली अलग कर ली।

कितनी बराबरी से हिस्सा-बाँटी चल रही थी। मैं एक गिलगिले सवाल से झकझोरा जा रहा था।

"तुम्हें क्या ऐसा लगता है?"

"नहीं, पर मैं पूछना चाहती हूँ..."

"मैंने तो पहले ही कह दिया कि मेरे पास तुम्हें देने को कुछ नहीं है।" मैं उसके प्रति सच्चा होना चाहता था, ऐसा लगा।

"सुनो...मैं बहुत सोचती रही कि यह सब तो ठीक है जो तुम

कहते हो, 'जीना', 'क्षणों को जीना', 'इंस्टिक्टिव लिविंग' लेकिन क्या फायदा...इससे क्या होगा?''

''बस यही तो दिल्लीवालों के साथ दिक्कत है, हर चीज फायदा-नुकसान से सोचते हैं...पर पहले तुम बताओ डैडी से क्या कहने की सोचती हो?'' मेरे भीतर कहीं अब भी धुकधुकी चल रही थी। वह चुप रही तो मैंने फिर कुरेदा।

''यही कि मुझे शादी नहीं करना, कमाऊँगी, खाऊँगी...''

मैं एकदम हलका हो गया, हँसी आने को हो आई। कमबख्त शादी तय होते ही उस पर गिद्ध की तरह लपकेगी!

''डैडी से कुछ मेरे बारे में भी बात कर सकती हो?''

''क्या?''

''यही सब कि तुम ऐसे मेरे साथ ऐसे घूमती हो...वगैरह-वगैरह।''

''ये सब बातें किसी से कही जाती हैं?''

क्या उसका डैडी 'किसी' की श्रेणी में आता था...हो सकता है ऐसा हो क्योंकि इतना तो तय था कि मुसलमान माँ और हिन्दू बाप की यह लड़की अब तक कहीं बेहद अकेली रही थी। केशवदास ने कभी इसमें बाप की दिलचस्पी न ली हो यह तो नहीं कहा जा सकता लेकिन उसकी पहली पत्नी के सात बच्चे थे, फिर केशवदास की अपनी निजी व्यस्तताएँ थीं।

क्या मेरे और रेशमा के अलग से सम्बन्ध बन सकते थे...केशवदास से अलग, दूर...उसके बावजूद!

वह चुप थी, कुछ खोई-खोई-सी...आज का दिमाग जो नहीं जानता वह क्या चाहता है।

बाहर निकलकर मैंने स्कूटर ले लिया—कुछ और करना चाहता था...पर क्या? यह कुछ समझ में नहीं आ रहा था।

जफर मार्ग की बत्तियों के दरम्यान गुजरते हुए पहली बार इस शहर की खूबसूरती मेरी नसों में खुनकी। सड़कें वीरान तो नहीं पर

उतना शोर-शराबा नहीं था। फिर वह मेरे साथ थी...वह, कोई भी खूबसूरत-सी दिखती लड़की जो एक तरह से टपककर मेरी जिन्दगी में आ गिरी थी। भाग-दौड़ के इस शहर में और पिछले महीनों की तनतनाहट के बाद यों हलके दिमाग से एक लड़की को बगल में लेकर चलना मुझे उस शाम को काफी अच्छा लग रहा था।

मैंने उसका हाथ अपने हाथों में ले लिया, कुछ उसी अधिकार से जिससे उसने मुझे बुलाया था।

औपचारिकता की दूरियाँ दो मुलाकातों में खत्म हो गई थीं...यह अच्छा था। अब मुझे कुछ करना चाहिए। सी.डी. अक्सर कहा करता है—ये लड़कियाँ बेहद मनचली होती हैं, फौरन कुछ-न-कुछ चाहती हैं...नहीं मिले तो उन्हें निराशा होती है...मगर क्या और कहाँ...और मुझे स्कूटरवाले को रास्ता भी बताना था।

"कहाँ चलें?"

उसने घड़ी देखी, कहा, एक घंटा के अन्दर उसे घर पहुँच जाना है, मतलब एक घंटा मैं उसे कहीं भी ले जा सकता था...पर कहाँ...

मैं सोचता ही चला जा रहा था। मैंने खुद को सड़कों में बाँधना शुरू किया। हम कहाँ थे, हमारे पास कौन-कौन-सी जगहें थीं, जहाँ मैं जा सकता था। मुझे सी.डी. का फार्म याद आया, चौकीदार मुझे जानता था। खोल भी देगा, पर वहाँ ढेर सारा जंगल था, बत्तियाँ भी कम थीं, कुछ सुनसान भी पड़ेगा।

मेरे अन्दर दहशत की पतली लहर दौड़ गई। मैंने उसकी तरफ देखा। वह बड़े आत्मविश्वास से बैठी सामने देख रही थी। उसका दूसरा हाथ मेरी मुट्ठी को ऊपर से सहला रहा था—मुट्ठी जो उसके एक हाथ को बाँधे हुए थी।

अगर आज भी उसे सीधा घर पहुँचा आया तो मैं उसकी नजरों से गिर जाऊँगा, वह कुछ चाहती थी, कुछ उम्मीदें रखती थी।

मैं तब सिर्फ स्कूटर में उसके साथ जफर मार्ग-जैसी सड़कों में

घूमता रहना चाहता था।

मैंने अनायास ही फार्म की तरफ का रास्ता ले लिया। उसने एक बार भी नहीं टोका, न पूछा—मैं किधर ले जा रहा हूँ उसे। अगर वह एक बार भी टोकती या पूछती तो शायद मैं उसे सीधे घर पहुँचा आना ही चाहता।

मैंने उसकी उम्र को मन-ही-मन गाली दी। इन बेचारियों का क्या कुसूर! इन्हें समझ में ही नहीं आता कि वे उस उम्र का क्या करें...

फार्म के थोड़ा पहले मैंने स्कूटर छोड़ दिया।

''यहाँ कहाँ उतर रहे हो?'' उसने पूछा।

''बस यहीं से थोड़ी दूर है...थोड़ा घूमेंगे...''

उसे मैं कुछ 'स्पोर्टीना' दिखाता रहा, पर दरअसल मैं नहीं चाहता था कि स्कूटरवाला हमें वहाँ उतरते देखे...अनाप-सनाप क्या, वह वही सोचता जो था।

चौकीदार ने हमारे लिए कुर्सियाँ लगा दीं बाहर लॉन पर...वह कोई लम्बा-चौड़ा फार्म नहीं था, न ही जमीन खेती के खयाल से खरीदी गई थी। सी.डी. के पास पैसे थे, लेकर डाल रखी थी। थोड़े दिनों बाद बेच देगा, घर बैठे कुछ मुनाफा हो जाएगा। खुले विस्तार में वहाँ सिर्फ एक कमरा था। चौकीदार को तौर-तरीके आते थे—सी.डी. आता होगा यहाँ, कुछ इसी तरह जैसे मैं आया था!

मैंने चौकीदार को कुछ खाने को लाने भेज दिया।

''कैसी जगह है...''

''ठीक है...'' वह रुआँसा थी।

''क्या बात है...?''

''मुझे डर लग रहा है...''

अगर मैं उससे कुछ थोड़ा-सा और आत्मीय हो गया होता तब तक, तो उस पर एक तगड़ा तमाचा जड़ देता। वह गधी ही तो उकसाती रही है...यह बात और थी कि उसने मुँह से कुछ न कहा हो।

अच्छा होता अगर मैं उसे पीट देता। केशवदास के लिए जो खराश थी वह कुछ ठंडी पड़ती!

पर वहाँ केशवदास नहीं था, सिर्फ हम दो थे। मैं उससे अपने अलग सम्बन्ध के बारे में सोचने लगा—आखिर, वे कभी भी शुरू हो सकते थे क्योंकि हम काफी दिनों से साथ थे। केशवदास के लिए यह इत्तफाकिया लिहाज ही कहिए कि मैंने कभी रेशमा के बारे में सोचा ही नहीं...वरना वह तो एक तरह से तैयार ही बैठी थी। उसे चाहना मैं कभी का शुरू कर सकता था...

मैं ऐसा ही कुछ महसूस करना चाहता था पर जाने क्यों वह अब उतनी खूबसूरत नहीं लग रही थी जितनी उस दिन लगी थी जब मैंने उसके बालों को पहली बार लथेड़ा था या कम-से-कम उतनी ही जितनी अभी-अभी लग रही थी जब हम जफर मार्ग से गुजर रहे थे।

पर मुझे कुछ करना था—जो कुछ भी करना था, वह जल्दी ही करना था क्योंकि चौकीदार को बार-बार भेजना ठीक नहीं था।

"आओ तुम्हें घुमाऊँ..."

मैंने उसका हाथ पकड़कर उठाया और उसे एक छोटे-से टहलाव के लिए निकल पड़ा। मैं उसे तैयार कर लेना चाहता था। उसे मेरे साथ चिपकते हुए चलने में कोई खास आपत्ति नहीं दिखती थी। हम एक पगडंडी पर चलने लगे। वह एक मुँडेर थी—जिसकी एक तरफ तरकारियों के पौधे थे और दूसरी तरफ भुट्टे के बड़े-बड़े पेड़। जमीन गीली नहीं, भसकीली थी। एक साथ चलने की कोशिश में हमें काफी सटकर चलना पड़ता था, कभी वह इस तरफ गिर जाती, कभी मैं...

हम थोड़ी दूर ऐसे ही चलते रहे। जब उस टहलाव से बोरियत होने लगी तो उसे रोककर मैंने उसका मुँह उठाया और उसकी आँखों को चूमा।

"क्या मिलता है इससे?" उसने अजीब सूखेपन से कहा।

मुझ पर एक लाठी-सी बरस गई। ऐसे कोमल क्षण में वह इस

तरह का कुछ कहेगी, मैं सोच भी नहीं सका था। इससे तो अच्छा था कि वह कुछ प्रतिकार या बचाव करती, या साफ मना ही कर देती।

मैं बात को टाल गया—"आँखें खूबसूरत हैं,"—कहकर क्योंकि मैं वह शाम और उतनी दूर पहुँचने तक का जोखिम यों ही बरबाद नहीं करना चाहता था।

कुछ आगे चलकर जब मैंने उसे बाँधने की कोशिश की तो वह सिर्फ बुत बनी खड़ी रही, न पीछे हटी न आगे बढ़ी। मैंने उसके गालों को चूमा, वे चिकने थे। उसने रूमाल से फौरन पोंछ डाला। मेरे होंठों को अपने मुँह के पास पाकर उसने अपना निचला होंठ मेरे मुँह में ठूँस दिया, जैसे आटे को कनस्तर में ठूँसते हैं। अन्दर पड़ा मांस का वह टुकड़ा एक क्षण को वहाँ अजीब कड़ुवाहट में रिसता रहा। अलग होते ही उसने अपना रूमाल फिर निकाला और कुछ-कुछ खरोंचते हुए अपने होंठ पोंछे। उसके हाथ में रूमाल नहीं, मुड़ा हुआ एक कपड़े का टुकड़ा था जो हथेली के पसीने से भीगकर बासी पड़ चुका होगा।

वह बुदबुदा रही थी—अगर मैं किसी के लिए कुछ कर सकती हूँ तो ठीक है...यही ठीक है...

वह पत्थर थी, मैं उसे लाख कोशिश करने पर भी नहीं चाह सकता था। उसे फिर छूने की तबीयत नहीं हुई। एक वाहियात-सी लिजलिजाहट मेरी नसों में आ चिपकी थी, कुछ-कुछ वैसी है जैसी एक मरी हुई छिपकली को देखकर होती है।

यह भी नहीं कि वह वापस चलने को हो आती, वहीं खड़ी रही। मेरी समझ में नहीं आ रहा था कि उसका क्या करूँ...और जहाँ तक वह भी कुछ बौखलाई हुई थी। या तो ऐसी स्थिति का ख्वाब वह सालों से देखती रही थी और अब जब वह सामने थी तो समझ नहीं पा रही थी कि उस स्थिति का और मेरा क्या, किस तरह से करे...या फिर ऐसी स्थितियाँ उसके लिए इतनी आम पड़ चुकी थीं कि उसमें कोई रस नहीं रह गया था, उसके लिए।

जहाँ तक दूसरी सम्भावना कम ही थी। यही ज्यादा सही था कि उसकी हालत अन्धे को एकाएक आँखें मिल जाने की-सी बन बैठी थी, वह चाहती सब कुछ होगी...पर पत्थर थी...क्योंकि एक अकेली लड़की रही थी।

उसका मेरा कोई सम्बन्ध नहीं हो सकता था, ज्यादा-से-ज्यादा वह एक वास्ता बन रहा था—एक ऐसा वास्ता जिसमें उसकी ही जरूरतें ज्यादा बैठती थीं क्योंकि शादी तक उसके पास करने को कुछ नहीं था...एक वैसा ही वास्ता जो एक और तरीके से मेरे और केशवदास के बीच था। उसे मेरी वैसे ही जरूरत थी जैसे मुझे केशवदास की थी।

और यहाँ आकर मुझे लगा कि मैं जाने- अनजाने यहाँ भी केशवदास की गुलामी करने लगा हूँ—उसकी बेटी के लिए पकड़ा / पाला गया एक बहुधन्धीय खानसामानुमा कुछ...

मुझे लगा, केशवदास ऊपर से सब कुछ देखकर हँस रहा है—होशियार पर बहुत होशियार नहीं!

मैं कहाँ से कहाँ जा पहुँचा था।

एसोसिएशन! समाज!! मैं अपने सामने ही बड़ा-भारी दिखावी और धोखेबाज निकला था...और हर कदम पर यह महसूस करते हुए भी उस धोखे में खुद को डालने का धोखा करता रहा था। एसोसिएशन की बात से जा जुड़ा क्योंकि वह मेरी ही लड़ाई लड़ रहा था। एसोसिएशन की शिकायतें तो कब की बह गई थीं जैसे इस बड़े शहर में और कितनी ही चीजें बह जाती हैं, हर कोई अपनी दिनचर्या में डूब गया था। मैं ही विरोध के उस सिलसिले में आगे बढ़ते हुए रेशमा को ले उड़ा। अगर यह न कर पाता तो शायद केशवदास के बगीचे का कोई गमला तोड़ देता, कुछ पौधे रौंद डालता...या उसके बगल या पिछवाड़े की दीवार पर पेशाब कर आता!

रेशमा के साथ आने से ज्यादा आनन्द शायद वैसी किसी हरकत में आता!

और नहीं तो बाहर आकर थूक ही देता जैसे उस दिन अमरू ने किया था।

अमरू और मुझमें काफी फर्क था।

उस रात जब खाने के बाद टहलते समय उससे मुलाकात हो गई तो यह फर्क मैंने और भी ज्यादा महसूस किया।

"कहिए, श्रीमान..."

वह हलका था, जब वह ऐसे मूड में होता है, शुद्ध हिन्दी बोलने लगता है, अपने अलग अन्दाज में ही क्योंकि हिन्दीभाषी प्रान्त का नहीं है।

"ठीक है!" मैंने कहा।

"ठीक क्या है...कुछ समाचार सुनाइए!"

"समाचार अपने इर्द-गिर्द कहाँ?"

"आपके दोस्त के क्या हाल हैं!"

"कौन दोस्त?"

"दोस्तिका...अरे भाई, क्या कहते हैं उसे...स्त्रीमित्र..."

मैं समझ गया जिस ओर उसका इशारा था। सभी से वह रचना की बात इसी तरह शुरू करेगा और जब कोई कहेगा कि दोस्त तो तुम्हारी है यार, तो खुश होगा। दरअसल यही कहलवाने के लिए वह रचना का उल्लेख सामनेवाले का दोस्त करके करता था।

"वह मेरे दोस्त कहाँ से हो गए?" मैंने कहा।

"कौन...?"

"वही, जिनकी बात आप कर रहे हैं..."

"चलिए, मेरे दोस्त सही...कुछ समाचार तो बताइए..."

"समाचार क्या होंगे, वही...वह अब भी बैठता होगा वहाँ, वैसे

आजकल उसने एक और पाल रखी है।''

वह कुछ गम्भीर हो गया। जो किस्से मुझ पर से गुजरे थे, मैंने उसे बता डाले।

''डिसग्रेस...साब, यह तो बीस्ट है...बीस्ट...''

उस वक्त मुझे इतनी दिलचस्पी नहीं थी उन बातों में, वरना वे शब्द मेरे भीतर भी कहीं बजे होते। इधर मैंने उन बातों से खुद को दूर रखने की खासी कोशिश की थी और थोड़ा-बहुत कामयाब भी हुआ था। केशवदास के बारे में अच्छा-बुरा कुछ सोचा न जाए...यह अभ्यास करता रहा था और इसके लिए एक मामूली-सा तरीका मेरे हाथ आ गया था। जब केशवदास के लिए आक्रोश मन में उगे तब उसके गुणों के बारे में सोचूँ, जब उसके गुणों पर मुग्ध होने की स्थिति आने लगे तो उसकी लम्पटता के बारे में सोचने लगूँ। इसी आदत के चलते तब अनजाने ही मैं उसकी तरफदारी कर गया।

''उसे क्या...इन औरतों को भी तो कुछ सोचना चाहिए। जिस आसानी से ये सुलभ हो जाती हैं, अपने सीनियर अफसर के लिए... केशवदास क्या कोई भी फायदा उठाएगा, नहीं तो मूर्ख कहलाएगा।'' अमरू गम्भीर हो गया था, चुपचाप कुछ सोचे जा रहा था...मैंने इसलिए अपनी ही बात को काटना शुरू किया...''वैसे इनका भी क्या कुसूर कहा जाए...हर चीज तो आजकल फायदे की कसौटी पर परखी जाती है, वे अपने कैरियर की लाइन पर फायदा चाहती हैं—किसी भी कीमत पर...गधे तो इनके पति या प्रेमी कहलाएँगे जो यह सब बर्दाश्त करते चलते हैं...''

अमरू के पास फौरन ही कुछ कहने को नहीं था, ऐसा लगा...पर वह उतना हलका नहीं रह गया था जितना पहले था।

''कुछ हो,'' वह थोड़ी देर बाद बोला, ''हमें कुछ बदलते वक्त का भी खयाल करना चाहिए। अब ट्रेनिंग कॉलेजवाला समय नहीं है। रचना अपने कैरियर का खयाल करके चलती है, सम्बन्ध बनाती है तो

इसमें किसी को क्या...और उलटा-सीधा बोलनेवाले, हल्ला मचानेवाले तब भी थे...''

मुझे गोपाल याद आया...वह शर्मीला-सा लड़का जो हमेशा रचना के पीछे लगा रहता, एक पालतू कुत्ते की तरह। उसकी सीमाएँ थीं यह सभी जानते थे क्योंकि वह स्वयं भी सिर्फ इसी में खुश रह लेता होगा कि रचना उसके साथ खाना खाने जाती है। एक रात काफी जोर का हंगामा था, कई तरह की मिली-जुली आवाजें सुनकर मैं भी नीचे आया—एक अच्छा-खासा जमाव रचना के कमरे के इर्द-गिर्द था। कुछ लड़के आवाजें भी लगा रहे थे—''गोपी बाहर आओ।''

रात के बारह का समय होगा। गोपाल अगर अन्दर था भी तो उसके जैसा लड़का सिर्फ डर की वजह से अन्दर चिपका होगा, वरना उसके बस का कुछ और नहीं था। यह बात और है कि रचना ने कुछ इनाम के तौर पर...क्योंकि उनके कॉलेज छोड़ने का सिर्फ एक दिन रह गया था। जो हो, पढ़े-लिखे लोगों, खासतौर से अफसरों, को ऐसी हरकतें नहीं करना चाहिए था...यही सब सोचता रहा था मैं उस रात वापस अपने कमरे में लौटते हुए। हर किसी को अपना जीवन जीने की स्वतन्त्रता है तो रचना को भी, क्यों नहीं...क्या केवल इसलिए कि वह महिला है, क्या सिर्फ इसी कारण अगर कोई उसके कमरे में देर रात हुआ तो हम एक ही निष्कर्ष निकालकर उस पर थोप देंगे?

वे उद्दंड किस्म के लड़के थोड़ी देर गला फाड़-फाड़कर चिल्लाते रहे और फिर थककर चले गए थे...

''वह यहाँ भी मेरे साथ ग्यारह-ग्यारह बजे रात को अकेले कमरे में आई है, बीवी न होने की वजह से मुझे जरूरत भी तगड़ी है आजकल। हो सकता है मैं कुछ करता तो वह भी कमजोर हो आती...पर उसने मुझसे ट्रेनिंग कॉलेज में कहा था कि वह मेरी आजीवन दोस्ती चाहती है...ए डियर फ्रैंड...अब मैं कुछ कर बैठता तो हो सकता है एक अच्छा दोस्त खो बैठता...वह बहुत उम्दा इनसान है।''

"तुम्हें यह खयाल आया होगा कि परायी स्त्री के साथ सोनेवाले नरक में जाते हैं..."

मैं उसका मजाक उड़ा गया जबकि सही बात यह थी कि कुछ सिद्धान्तों को लेकर चलनेवाले अमरू-जैसे आज हैं ही कितने...वरना तो मुझ-जैसे ही हैं—वक्त के हिसाब से सिद्धान्त भी गढ़ लिये और वक्त बदलते ही उन्हीं सिद्धान्तों का मजाक भी उड़ा लिये। अमरू ने कुछ कहा नहीं। वह चुपचाप गेट की तरफ ताक रहा था जहाँ अँधेरा कुछ गहरा था, शायद बत्ती खराब थी। मैंने आगे बात को सँभाला—

"ये सब बातें पुरानी पड़ गई हैं मियाँ...तुम तो देख ही रहे हो, सिर्फ तुम्हारे संयम से चीजों का रास्ता नहीं बदल जाता।"

"देखो, मैंने जो तुम्हें बताया वह किसी से कहना नहीं। मेरा और रचना का रिश्ता एक बड़ी ही प्राइवेट किस्म की चीज है। मैं जानता हूँ इसका मतलब भी लोग एक ही निकालेंगे लेकिन हम दोनों के लिए यह सम्बन्ध कीमती है। इसलिए मैं नहीं चाहता कि यह बाजार में बातचीत का विषय बने..."

अमरू का उतना चिन्तित होना फिजूल लगा। इन बातों में अगर इज्जत हिल्गी होती है, तो औरतों की ही...और रचना इसकी बहुत परवाह नहीं करती थी...मैं जानता था। इस मामले में जैसे और कई मामलों में वह हिम्मतवाली लड़की थी, जो मन में आया वह करनेवाली... करीब-करीब जिद्दी।

अमरू जितनी गम्भीरता से अपने सम्बन्ध बता रहा था, मैं उतना प्रभावित नहीं हुआ क्योंकि रचना के साथ उठना-बैठना, उससे घनिष्ठता हमारे तबके में एक स्तर विशेष का द्योतक बन गई थी। कुछ-कुछ फख्र का रंग अमरू के चेहरे पर भी था जब उसने अपने सम्बन्ध के बारे में बताया। यह बात दूसरी थी कि अमरू अपने बहुत ही निजी दोस्तों को ऐसी बातें बताया करता था।

मैंने एक आम वायदा कर दिया, गोकि मुझे स्वयं विश्वास नहीं

था कि मैं उस बात को छिपा सकूँगा...या अमरू भी उसको उस तरह छिपाकर रखना चाहता था...और उसमें छिपाने का था क्या।

"सुनो, एक काम कर सकोगे। मुझे टूर पर जाना है...मेरे कमरे में रोज सफाई कराते रहोगे? मैं नहीं चाहता कि नौकर के हाथ में चाभी छोड़ी जाए।"

"कितने दिनों के लिए?" मैंने पूछा।

"काम के ऊपर है, एक-दो हफ्ते भी लग सकते हैं।"

मैं तैयार हो गया क्योंकि उसका फ्लैट उसी इमारत में था और वैसे भी अमरू के लिए मैं काफी चीजें करने को तैयार रहता हूँ।

रात काफी हो चुकी थी और हम वापस लौट पड़े। अमरू इधर-उधर की इमारतों के ऊपरी हिस्सों को अपनी गर्दन बार-बार तोड़-मरोड़कर देखता चल रहा था। वे दफ्तर-ही-दफ्तर थे और रात के उस सन्नाटे में अपनी व्यापक भयावहता में सिर उठाए खड़े थे। ऐसे ही किसी एक कमरे में क्या अब भी...इस वक्त भी केशवदास रचना के साथ कोई रिपोर्ट तैयार कर रहा होगा?

"आज क्या बनवाया?" मैंने पूछा।

"आलू की सब्जी और रोटी।"

"क्यों, चावल नहीं मिलता क्या?"

"चावल मैं वैसे भी कभी खास नहीं खाता था...अरे, उस केशवदास की लड़की सुना है कम्पीटीशन में बैठनेवाली है, अच्छा हो, वह हमारी ही सर्विस में आए।"

"क्यों... ?"

"उस कमबख्त को मालूम तो होगा कि यहाँ कितनी गड़बड़ियाँ हैं और केशवदास है कि..."

वह कहना क्या चाहता था? क्या केशवदास की वैसी हरकतों का अनुकरण कुछ और लोग कर रहे हैं...या अमरू सोचता होगा कि जब रेशमा से भी कोई घेंचू अफसर...फ्लर्ट करेगा तब मजा आएगा...अमरू

निखालिस मेरी ही तरह सोच रहा था क्या?

"वैसे इस मामले में केशवदास बहुत ही छोटा व्यक्ति है।" वह आगे कह रहा था..."सभी बदमाश हैं साले। बात दरअसल यह है कि केशव़दास पुरानी टाइप का अफसर है—रईसाना, जागीरदाराना...काम सिर्फ जब मर्जी आई थोड़ा-बहुत देख लिया। एक तरह से अच्छा ही रहा...अपने कारनामों के बाद उसे विभाग के लिए अच्छा या बुरा, कुछ भी करने की फुर्सत ही नहीं रही, वरना क्या पत्ता जो करता वह विभाग के लिए अच्छा ही होता..."

मैंने महसूस किया कि बात करते-करते हम काफी दूर निकल गए थे। इसका अहसास लौटते समय भी नहीं हुआ। यह ताज्जुब की बात थी। जब हम अपनी इमारत से पहले का गोल चक्कर पार करने लगे, तभी महसूस हुआ।

वहाँ का सिगरेट का खोंचा उठ चुका था, वरना मैं एक सिगरेट लगाता। अमरू नहीं पीता है, वह अपनी इकट्ठी हुई बोरियत को तीन-चार माह में एकाएक ही बाल घुटाकर उगल लेता है।

"सुनो, तुम क्यों नहीं रचना को समझाते...पूरी सर्विस के लिए यह शर्म की बात है।"

मुझे लगा मैं रचना से उसके सहकर्मी की हैसियत से जल रहा था। उसे बहुत-कुछ कितनी आसानी से मिल जाता है और मैं...सर्विस की बात मैंने फिर दोहराई नहीं क्योंकि मैं खुद के सामने दूसरी बार नंगा नहीं होना चाहता था, न ही कोई दिखावा करना चाहता था।

बात सिर्फ एक ही थी—कुढ़न...और मैं हर बार उसे नया ढाँचा पहनाता आ रहा था। सचमुच मैं अब भी तटस्थ नहीं हुआ था जो भ्रम मैं इतने दिनों से पाले हुए था। ऐसा होता तो मुझे दिखाई देना चाहिए था कि रचना सिर्फ एक होशियार औरत थी जिसने अपनी उम्र, रूप सबका पूरा-पूरा फायदा उठाया था,...अपनी बची-खुची जायदाद वह अब भी भुनाए जा रही थी...अब मजे के लिए कम और ठोस फायदे के

लिए ज्यादा। उसका क्या कुसूर था कि वह महत्त्वाकांक्षिणी थी, कौन नहीं होता?

तो यह भी गलत था कि मेरी कुढ़न किसी और वजह से थी। हम दोनों की प्रशासकीय महत्त्वाकांक्षाएँ टकरा रही थीं...बस!

कुछ हो, अगर अमरू भी कभी यह खबर सुनता कि रचना ने केशवदास को झिड़क दिया है तो उसे भी बेहद खुशी होती...

मैंने केशवदास और रचना को उस तरह की स्थिति में तो कभी नहीं देखा था जैसे उसे और मिसेज शर्मा को देख चुका था...फिर भी मैं रचना को ही क्यों अमरू द्वारा कुछ कहलवाना चाहता था? यह भी बहुत सम्भव था कि रचना मिसेज शर्मा के मुकाबले ज्यादा ही घाटों का पानी पी चुकी थी, जबकि मिसेज शर्मा के लिए शायद यह पहला 'मिस-एडवेंचर' था।

अमरू ठीक ही कुछ नहीं बोला—किसी के भी कुछ कहने या कहलवाने की बात बचकाना थी। मैंने बात दोहराई नहीं क्योंकि अब वह मूर्खतापूर्ण लगी...रचना के लिए अमरू उन कई एक व्यक्तियों में से एक होगा जो उसके दोस्त थे। वे उसे हुक्म देनेवाले कौन हैं, उलटे उससे हुक्म लें...कम-से-कम ट्रेनिंग कॉलेज में तो वह इसी लाइन पर सोचती थी और यहाँ भी उसके सोचने के तरीके में कोई खास परिवर्तन आया है, ऐसा कुछ दिखाई तो नहीं देता था।

"अच्छा अमरू...एक व्यक्तिगत-सा सवाल पूछूँ। तुम्हारा सम्बन्ध रचना से काफी गहरा और पुराना है...तुम्हें केशवदास और उसके बारे में सोचकर कैसा लगता है?"

"भाई, खराब तो लगता ही है।" वह हँसा।

मुझे उसका हँसना अजीब लगा। वह एक खोखली या मुरझाई हुई हँसी नहीं थी...हँसी थी। वह अपना दुख नहीं छिपा रहा था, न इसलिए हँस रहा था कि कुछ किया नहीं जा सकता...सिर्फ हँस रहा था, जैसे कोई इसी संसार के लीला-व्यापार को देखता और हँसता है।

"खराब तो सभी को लगता है भाई...पर मैं कुछ-कुछ आदी हो गया हूँ—ट्रेनिंग कॉलेज से ही। यही है जो देख रहा हूँ, फिर हमारी रचना भी कुछ उस तरह की बनी है।"

"कैसी?"

"वह इन चीजों को ज्यादा महत्त्व नहीं देती...आदमी सिर्फ आदमी है। वह शायद किसी एक के बारे में ज्यादा सोचती भी न हो।"

"यह कैसे हो सकता है, तुम्हें लगता है ऐसा?"

"हो सकता है, मैं साधारणीकरण कर रहा हूँ, लड़कियाँ जो एक साथ कई आदमियों के साथ चलती हैं उनके लिए आदमी आदमी नहीं सिर्फ एक मटीरियल होता होगा।"

"ऐसी लड़की क्या किसी से प्रेम कर सकेगी...विवाहिता रह सकेगी कभी?"

"कह नहीं सकता...मैं तो उसे मात्र एक दोस्त की तरह देखता हूँ...एक दोस्त जैसे तुम, अच्छा या बुरा। रचना में जबर्दस्त महत्त्वाकांक्षा है, कुछ अच्छे ओहदे पाने के लिए वह कुछ भी बर्दाश्त कर सकती है, करती है...मैं क्या करूँ..."

अमरू मुझसे बहुत ज्यादा समझदार और परिपक्व था। इन मामलों में मुझे भी ऐसा ही दृष्टिकोण अपनाना चाहिए, मैं सोच रहा था।

कुछ 'स्पेशल-पे' की जगहें आई थीं, यह खबर थी।

मुझे सन्तोष था कि मैंने किसी क्षणिक आवेश की झोंक में आकर केशवदास से अनबन नहीं कर डाली। मेरे चुने जाने में वह काफी मदद कर सकता था, रचना को आखिर उसी ने घसीटा था ऊपर। इन पोस्टों पर तैनाती माने विभाग में इज्जत की इज्जत और ऊपर से कुछ ज्यादा रुपए, क्या बुरा था।

जो कुछ इधर हुआ था वह कुछ खास तो नहीं था, ऐसा तो होता ही रहता है...कुछ इस तरह की खींचातानी तो चलती ही रहती है। केशवदास कुछ मौकों पर मुझे काटता जरूर रहा हो, ऐसा नहीं था कि

इस तरह के विशेष मौकों पर वह मुझे हानि पहुँचाने की सोचेगा। आखिर मेरे उसके घर-से सम्बन्ध थे, केशवदास स्वयं ही कुछ दिनों पहले तक मुझे बेहद आत्मीयता देता रहा है।

मैंने उसके कान में बात डाली।

"अभी फाइल मेरे पास आई नहीं है।" उस दिन उसने सिर्फ इतना कहा।

"तो क्या फिर याद दिलाऊँ आपको?"

"हाँ, कोई सात दिनों बाद..."

निश्चित समय पर उसे फोन करके याद दिलाया। वह हमेशा की तरह फड़क रईसियत से बात कर रहा था जैसे जो कुछ भी था सबका मालिक, असली कर्ता-धर्ता सिर्फ वही था। मैं संकोच में लड़खड़ा रहा था फोन पर। कुछ खुद से ही आक्रान्त था क्योंकि उसके सामने इस तरह हाथ फैलाए हुए अपनी हैसियत गिगियाते भिखारी से ज्यादा नहीं लग रही थी। मुझे लगा, पिछले दिनों की अपनी सारी अकड़ और ऐंठ के बावजूद मैं परास्त कर दिया गया हूँ। मैंने स्वयं ही हथियार डाल दिए थे, एक मामूली-से फायदे के लिए।

आगे एक-दो बार फोन पर ही बातचीत में वह खिंचा-खिंचा ही रहा। फिर एक दिन एकाएक उसने मुझे अपने ऑफिस बुला भेजा—'बाकी बातें वही होंगी,' कहकर फोन रख दिया।

क्या रेशमा और मुझको लेकर किसी बात की भनक उसके कान में पड़ गई थी...मैं रेशमा से उसके बाद से मिला भी नहीं था, उसके फोन जरूर आए थे। मैंने अफसराना व्यस्तता का सहारा लेकर उसे काटा था...तो क्या रचना... ?

पर कोई भभका आज जरूर उठनेवाला था। मैं अपनी बात कह पाऊँ या नहीं, वह जरूर कह डालता था क्योंकि जिद्दी और अक्खड़ दोनों था। फिर मुझसे कुछ कहने में उसे किसी भी तरह का भय या संकोच नहीं होता था, जबकि एक हिचकिचाहट आकर ऐन मौके पर

मेरी जीभ सुखा देती थी।

उसने मौका अच्छा चुना था। वह अपने चुने हुए समय और स्थान पर लड़ना चाहता था। इस वक्त लालच मुझे और भी पीछे खींच रहनेवाला था और वह गालियों से मुझे लथेड़ सकता था। मैं अकेले में उसके जूतों की मार भी सह लेता क्योंकि इधर कई सालों से मैंने खुद को काफी कुछ जायज–नाजायज सहते देखा है, सिर्फ इसलिए कि वक्त आने पर मेरा 'प्रमोशन' न रुके—उसूलवादी के चक्कर में प्रमोशन गँवा बैठने की हिम्मत मुझमें नहीं है...यह बात और है कि दूसरों के सामने अपना चेहरा बचाने के लिए मैं भी कुछ कहता बढ़ा–बढ़ाकर कि मैंने यह कहा, वह कहा...पर एकान्त में वह मेरे साथ कुछ भी कर सकता था।

मुझे इतने दिनों का अपना सारा क्षोभ, आक्रोश, विद्रोह...वह जो कुछ भी था...तब और भी बेकार लगा।

कमरे में उसके पास कुछ और लोग बैठे थे। उसने मुझे एक तरफ लगे सोफे पर बैठने का इशारा किया। वह नहीं चाहता था कि कुर्सियों पर जो उसके सामने बैठे थे, मैं उनका ध्यान आकर्षित करूँ या जो बातें वहाँ हो रही थीं, उनके बारे में जानूँ।

वे उसके ठीक नीचे के अफसर थे, उनमें से एक कुछ ज्यादा ही मक्कार था–एक घेंचू किस्म का आदमी जिसने अपनी सारी जिन्दगी में शायद ही कोई भलाई का काम किया हो, एक ऐसा व्यक्ति जो किसी भी समस्या पर सिर्फ उसी दृष्टिकोण पर उचककर जा बैठता था जो दूसरे को नुकसान पहुँचाती। किसी को कष्ट पहुँचाना उसकी 'हॉबी' थी। वह दलीलें पेश किए जा रहा था, कुछ ज्यादा ही तगड़े ढंग से। ऐसा लगा जैसे सब...यहाँ तक कि केशवदास भी इस व्यक्ति से दबता था। एक, इसलिए कि यह काम जानता था, दूसरे, इसलिए कि काम करता था जबकि केशवदास कभी रचना के पास, कभी...केशवदास के नाम पर सारा काम यही करता होगा। तभी ऐसा होता था कि अधिकांश नियुक्तियाँ–तबादले ऐसे होते थे जो दूसरों को तकलीफ पहुँचाते। दो–

चार मामले जिनमें केशवदास की दिलचस्पी बहुत ज्यादा होती थी वे तो निकल जाते थे, शेष महारथी—केशवदास के मातहत-द्वारा प्रेम से कुचले जाते थे।

वहाँ एक किनारे बैठे हुए मुझे कुछ वैसी धुकधुकी हो रही थी जैसे कभी इंटरव्यू में जाने के ठीक पहले होती थी, गोकि उसके कमरे में दर्जनों बार आया-गया था। मैं अनायास ही तब वही करने लगा जो अपनी पुरानी धुकधुकी को काटने के लिए करता था...इधर-उधर की चीजें देखना, उन्हीं के बारे में सोचना...

कभी उसने बताया था कि पहले उसे सेक्रेटरियट में एक बहुत छोटा कमरा दिया गया था। केवल इसी बात को लेकर वह वापस पंजाब जाने को तैयार हो गया था, वह केन्द्रीय सरकार में नहीं आना चाहता था। चेयरमैन उसे काफी मानता था, इसलिए इस बड़े कमरे का इन्तजाम कराया गया। एक अच्छा-खासा कमरा था, कई ज्वाइंट सेक्रेटरी के कमरों से भी बड़ा। एक तरफ लंच के लिए पार्टीशन, सोफा, मेज पर रोबीला लैम्प, घूमती कुर्सी और पीछे हिन्दुस्तान का एक बड़ा नक्शा। ऐसा नक्शा लगाकर अफसरान अपने कमरे में रोब का वातावरण फैलाते हैं जैसे सारे हिन्दुस्तान को, जो कुछ लोग उठाए हुए हैं, उनमें से एक वह भी हैं।

फिर मैंने उनकी बातों का, बिना सुनने का-सा दिखाते हुए पीछा करना शुरू किया। वे किसी लिस्ट की बाबत बात कर रहे थे—सीनियार्टी-लिस्ट...जिसमें इधर-उधर मेरा नाम भी होगा, किसी तुच्छ-सी जगह पर। अंडरसेक्रेटरी जाहिरी तौर पर नए लोगों के खिलाफ था और उन्हें लिस्ट में नीचा और नीचे गिराने की दलीलें पेश किए जा रहा था। कभी सकपकाकर मेरी तरफ शक की निगाहों से देखता कि कहीं मैं बाहर जाकर उसकी बातों को फैला तो नहीं दूँगा...इधर-उधर। बातों में केशवदास अपनी तथाकथित सारी दिमागदारी के बावजूद अपने ही नीचे के अफसर से लथेड़ा जा रहा था। केशवदास कई बार बात को खत्म करने के

लहजे में बोलता दिखता और हर बार ही महारथी उसे आगे तक घसीट ले जाता। यह श्रीमान अपने ढंग की चीज था। बातचीत में हमेशा मिठास लेकिन नम्बर एक का धूर्त, झूठा और मक्कार। कभी-ऐसे किसी आदेश के बारे में पूछो जो इसके ही दस्तखत से निकल चुका हो, वितरित भी किया जा चुका हो तो बोलेगा...'मुझे कोई खबर नहीं...।' अगर किसी फाइल को धीमा चलाने के लिए राजी भी हुआ तो कहेगा—'आई विल हेसन इट, स्लोली'...खुर्राट अफसर...रिटायर होने के एक महीने के भीतर मर जाएगा...मैं सोच रहा था।

आखिर वे उठे। केशवदास ने उनको कुछ काम देते हुए विदा किया और फिर मेरी तरफ इशारा किया।

"हाँ, अब आप आइए...मि..."

वह जैसे मेरा नाम भूल गया था या लेना नहीं चाहता क्योंकि वे लोग दरवाजे पर ही होंगे। वह सिगरेट जलाने में लग गया ताकि वे लोग चले जाएँ तब तक। बात कुछ गम्भीर ही थी तभी वह मि. लगा रहा था मेरे नाम के सामने।

उसके जाने के बाद कमरे में खामोशी घिर आई जिसमें मेरे अन्दर का आतंक कुछ और गहरा हो गया।

"तब...? आप स्पेशल-पोस्ट चाहते हैं?"

जाहिर था। मैंने कुछ कहने की जरूरत नहीं समझी। वह आखिर इतना तो समझता ही होगा कि कुछ वजह होगी कि मैं इतने दिनों से उसके पीछे लगा हुआ हूँ, यहाँ तक कि उसकी दुलत्तियाँ भी अक्सर खाता रहा हूँ।

उसने मेरे सारे खाके को आँखें गड़ाकर देखा जैसे पहली बार देख रहा हो मुझे। देखकर वह थोड़ा-सा मुस्कराया—वही कुटिल मुस्कान जो उस दिन घर पर मेरे सामने रचना को फोन करते वक्त उसके चेहरे पर खिंची थी...एक टेढ़ी-सी मुस्कान जिसमें वह दूसरों की बजाय अपने आप पर ज्यादा खुश होता दिखता होता था।

''मैं कोई बेजा तो नहीं चाहता, जब मेरी ही सीनियार्टी के लोग लिये जानेवाले हैं।'' मैंने कहा।

तभी कोई फोन आ गया, वह बात करने लगा। मैंने वहाँ उस तरह बैठे हुए खुद को काफी भोंड़ा और हास्यास्पद महसूस किया।

''मैं नहीं चाहता कि मैं सिर्फ इसलिए एक किनारे कर दिया जाऊँ कि मेरी कोई जान-पहचान नहीं है।'' उसके फोन रखते ही मैं अपनी बात को साफ कर गया कि मैं उसके सामने क्यों खड़ा था।

''खैर, वह फाइल तो अभी मेरे पास नहीं आई।''

तब उसने मुझे क्यों बुलाया था...क्या वह वाकई कुछ रेशमा के बारे में बात करना चाहता था, संयत ढंग से और घर में उसे इतना संयत वातावरण न मिलता हो? मैं प्रश्नसूचक दृष्टि से उसकी तरफ देखे जा रहा था।

''फिर ये पोस्ट उतनी महत्त्वपूर्ण भी तो नहीं हैं...क्यों महत्त्वपूर्ण लगती है आपको?''

''और कुछ नहीं तो पैसा तो ज्यादा है...स्पेशल पे...''

''पछत्तर रुपए से क्या खास फर्क पड़ता है।''

मैं निरुत्तर था।

''बात यह है मि. कि मैं सभी की सिफारिश करके अपनी जुबान हलकी नहीं करना चाहता। इससे वे एक-दो केस जहाँ मैं वाकई चाहता हूँ वे भी बिगड़ सकते हैं...'' केशवदास ने सुट्टा लेते हुए आखिर अपनी बात कह ही दी।

तो क्या फर्क था, वह मेरे बारे में चाहता था पर वाकई नहीं चाहता था।

''तुम्हारी रिपोर्ट्स,'' वह आगे कह रहा था, ''कोई बहुत अच्छी नहीं हैं, तुम्हारे अफसर तुम्हारे बारे में अच्छा नहीं सोचते...यह जानकर मुझे धक्का लगा। यों तुममें सब कुछ है—देखने में अच्छे-खासे, बातचीत में तेज, स्मार्ट—फिर ये ल्यूकवार्म रिपोर्ट्स! तुम्हारे अफसर कहते हैं कि

बेफिक्र है—गैर-जिम्मेदार होने की हद तक, घमंडी है। अपने अफसरों की एकदम परवाह नहीं करता, मनमानी करता है...और अपने को वह कुछ समझता है जो वह नहीं है...''

वह मेरा खाका खींच रहा था। यह सब दूसरे मेरे बारे में सोचते हों या नहीं, कम-से-कम वह जरूर सोचता था या सोचने लगा था। यह भी ठीक था कि ये सब बातें वह कभी पहले बता नहीं सकता था क्योंकि तब वे नहीं थीं।

अगर ये बातें उसने पहले कभी की होतीं तो मैं उस उलझाव से कतई न गुजरा होता जो मुझे इधर कितने दिनों से झकझोरे हुए था।

''मैं चाहता हूँ...यह सब खयाल छोड़ दो, अपने को कुछ सुधारो, अफसरों की निगाह में ऊँचा करो।''

''उसके लिए जितना नीचा खुद को गिराना पड़ता है, वह मैं नहीं कर सकता।'' मैंने कहा।

''तो चाहे जो करो...जैसा करो, पर अफसरों की अच्छी रिपोर्ट्स जरूरी हैं यदि कैरियर चाहते हो, वरना इन जगहों का खयाल छोड़ दो...मैंने कभी अफसरों को अनुचित तरीकों से खुश नहीं किया, करता तो शायद अपने और सहकारियों की तरह मैं भी अब तक सेक्रेटरी होता...पर ठीक हैं, मैं स्वयं से खुश हूँ।''

शायद वह सच कह रहा था, गोकि तब भाषण देता हुआ ही लगा। एक सूखा सुधारवादी भाषण जिसे सुनने की मेरी दिलचस्पी नहीं रह गई थी। मैं सोच रहा था कि उम्दा मौके पर उसने काफी सीधी बात कर ही डाली...मुझे उस दौड़ से हट जाना चाहिए जिसमें उसके नक्शे में गोट की तरह मैं फिट था, फिर अफसरों की परवाह करना शुरू करना चाहिए।

''मैं चाहता हूँ कि तुम इन जगहों के न मिलने से कुछ परेशान न हो...''

अब वह कुछ आत्मीयता पर उतर आया। क्या वह मेरा इस हद तक हमदर्द था?...उस-जैसा लम्पट व्यक्ति इतना सफल दिखावा कर सकेगा, यह मैं नहीं सोच सका था। पर आखिरकार वह अफसर था!

मैं जब बाहर निकला तो उस पर गुस्सा कतई नहीं आ रहा था। एक खोंचे पर खड़े होकर मैंने एक सिगरेट सुलगाई और फिर बस स्टाप की तरफ बढ़ने लगा। एक डबलडैकर बस रास्ते से गुजरी...पीछे भीमकाय बिल्डिंग! इस बड़े शहर में मैं कितना छोटा था, एक भुनगा भी उस वक्त मुझे खुद से बड़ा लगता। मैं एक गलत जगह पर था, जहाँ के तौर-तरीके फर्क थे, या मैं ही सब कुछ के नाकाबिल था...केशवदास की हमदर्दी हासिल करने के नाकाबिल और उससे भिड़ने के भी नाकाबिल...

अजीब बात यह थी कि उस बिन्दु पर जहाँ केशवदास से विद्वेष तिगुना-चौगुना हो जाना चाहिए था, मैं एकदम लाचार हो आया था। केशवदास को जब और क्रूर और लगभग मेरा दुश्मन नं. एक दिखना चाहिए था, वह मेरे लिए आदमी के लिबास में आ गया था...।

एक मामूली आदमी जिसको लेकर माथे पर एक भी शिकन फैलाना फिजूल था।

हाँ, एक निहायत ही मामूली और आम आदमी...और मैं उसे इतने दिनों से क्या-क्या बनाता रहा था—एक खाली आकार में कभी सुर्ख लाल रंग भरकर प्रत्युत्तर में गुस्सा होता और कभी मटमैला रंग भरकर घिन खाता रहा था। आखिर बात मतलब के धरातल पर जाकर साफ हो गई थी—चूँकि वह मेरे लिए कुछ करनेवाला नहीं था, वह मेरे वृत्त से बाहर निकल रहा था।

मैं खुश था कि एक झटके ने मुझे उन सारे तनावों से मुक्त कर दिया था।

वह अपना चेहरा

दूसरे-तीसरे दिन जब सी.डी. मिला तो मुझे ऐसा लगा कि अगर आदमी जड़ नहीं होना चाहे तो उसे सी.डी. जैसा ही होना पड़ेगा। उसकी खासियत थी—

सिगरेट के धुएँ को कुल्ले की तरह मुँह में भरकर बाहर उगल देना जैसे सामने का सब कुछ फूँककर परे बुहार देते हुए। सी.डी. ज्यादा सोचने में विश्वास नहीं करता था। सोचता था थोड़ा-बहुत तो सिर्फ पैसा खर्च करते वक्त। एक पेज पढ़कर ही उसे नींद आ जाती थी। अगर कभी थोड़ा संजीदा हुआ भी तो उसका मुँह पके कुम्हड़े की तरह पुलपुल हो जाता था कि सामनेवाला हँस पड़े और सी.डी. को भी गुदगुदा दे।

वह बर्मा के एक रईस खानदान का था। बर्मा में राष्ट्रीयकरण के बाद उसका परिवार उजड़कर भारत आ गया था। आते ही उसने अपने भाई के साथ हिन्दुस्तान में अच्छा-खासा जमा लिया। पूंजी बर्मा से खेपों में पहुँचा ही दी गई थी। कारोबार धड़ल्ले से चल निकला। यों भी सी.डी. में सफल होने के लिए जो भी गुण अपेक्षित थे, वे सभी थे। उसके पास अब काफी पैसा था और उसे खर्च करने के लिए वक्त-ही-वक्त...

''क्या यार ढीले-ढाले पड़े हो!'' आते ही वह बोला।

''चुस्त रहने के लिए जेब में ढेर सारा पैसा और इर्द-गिर्द लड़कियाँ चाहिए।'' मैंने मुँह में कड़ुवाहट महसूस करते हुए कहा।

''अच्छा, डालो पैंट...चलो कुछ मूँछ-ऊँछ खड़ी की जाए।''

हम बगल के क्लब में चले गए और बियर का गिलास भरकर बैठ गए। गीली घास पर धूप में बैठे-बैठे मजा आ रहा था और मैं जल्दी ही अपनी घिसघिस से बाहर निकल आया।

''और सुनाओ क्या हाल हैं?''

''बस, चली जा रही है।''

''अरे, तुम्हारे यहाँ तो कई 'लेडी-अफसर' हैं!''

"हाँ, हैं।"

"एक मोटी-सी भी है।"

"कई होंगी।"

"नहीं, एक काफी पट्ठी-सी है, खूब गोरा रंग और बॉब हेयर।"

"मिसेज शर्मा हैं...क्यों..."

"कौन ?"

उसने नाम कुछ गौर से सुनना चाहा। मैंने दोहरा दिया।

"अरे, वह तुम्हारा केशवदास है न...साला बड़ी कुत्ती चीज़ है...मेरा काम फँसा हुआ था पंजाब के किसी अफसर से। वह ठहरता था दिल्ली आकर इसी के यहाँ, तो मैंने इससे कहा। यह बोला कि शाम को जिमखाना में डिनर का इन्तजाम करो...यह साली कौन बड़ी बात थी। मुझे उम्मीद थी कि उसको भी लाएगा, उसने कहा भी यही था पर जब हजरत पहुँचे तो सिर्फ अपन और साथ में वह तुम्हारी मिसेज शर्मा..."

मुझे कुछ खास महसूस नहीं हुआ। हाँ, उन दोनों को लेकर सी.डी. जिस तरह बोर हुआ होगा, सोचकर मुझे मजा आ रहा था।

"स्कॉच व्हिस्की और डिनर...और जो उससे भी बड़ी बात कि महीने में दो गेस्ट ले जा सकते हो, सो इस महीने का कोटा झक्क..."

"काम किया कि नहीं ?"

"अरे, काम तो साले का बाप भी करेगा..." सी.डी. ने चुटकी को हवा में घुमाते हुए कहा।

"लेकिन 'दिस इज नॉट डन'...कि मैं अकेला और आप दोनों...और वह भी जो आपकी पत्नी नहीं...उस पर व्हिस्की पीते हुए अपनी खुसर-फुसर में मस्त...जैसे मैं सिर्फ एक सोफा था।"

बियर पीते हुए मुझे मजा आ रहा था, अन्दर कुढ़न की रत्तीभर खुरचन नहीं थी। केशवदास और मिसेज शर्मा नहीं जैसे वे सिनेमा के महमूद और टुनटुन थे!

"यह कौन है मिसेज शर्मा ?"

"औरत।"

उसने एक जोरदार ठहाका लगाया। अगल-बगल की मेजों से कुछ लोग हिकारत-भरी नजरों से देखने लगे। इधर-उधर के बेयरों को मजा आ गया। उन मेजों को भी थोड़ी खुजली तो हो रही होगी पर उतना जोर से हँसने के फेफड़े नहीं थे उनके पास या बेचारे कुछ ज्यादा ही शरीफ थे। "यानी मतलब केशवदास से क्या है... ?"

"वही जो औरत को आदमी से होता है।"

"पर वह तो 'मिसेज़' है।"

"तो क्या हुआ ?"

वह कुरेदे जा रहा था और वे बातें अब मेरे लिए बेहद पुरानी और नीरस पड़ चुकी थीं। मैं टालना चाहता था।

"तुम सोचते हो कि केशवदास तुम्हारा काम कर देगा।" मैंने सी.डी. को दूसरी तरफ किया।

"एकदम पक्का, तुम्हारा भी कोई काम हो तो बताना, ये लोग अपनी जेब में रहते हैं।"

मुझे कुछ चटपटी-सी हैरानी हुई। केशवदास-जैसा औघढ़ व्यक्ति भी क्या किसी की मुट्ठी में हो सकता है...वह भारी-भरकम आदमी, एक लम्बा-चौड़ा अफसर क्या सी.डी. जैसे नाटे व्यक्ति का कहना करेगा!

"यह सब कहने की बातें हैं...आप लोग तो जरा किसी अफसर के पास आए, बस समझने लगे कि उसने अपनी अकल आपको बेच दी है। यह बात दूसरी है कि तरस खाकर उसने जब कभी आपका कोई छोटा-मोटा काम निकाल दिया..."

"अच्छा 'बैट' हो जाय..." वह तन उठा।

सी.डी. बोलता ज्यादा है...मैं जानता था। मेरी स्पेशल पोस्ट के लिए दिलचस्पी खत्म हो चुकी थी...उसके लिए उत्साह के दौर में मैंने वह कुछ कर लिया था जो अमूमन मैं नहीं करता। केशवदास भी मेरे

लिए अब सचिवालय में बैठे कई कीड़े-मकोड़ों में से एक था...बस। फिर भी उस खेल में मैं केशवदास को भी कुछ वैसा ही मरा-मरा देखना चाहता जैसा मैं हो आया था, जब उसने अफसरों की निगाहों में बेहतर बनने का सुझाव मुझे दिया था। वह शख्स जो एक बादशाह की तरह अपनी खिड़की के बाहर की सड़क पर देखता है, उसे किसी के आगे 'हैं-हैं' या 'घें-घें' करते देखना कितना मजेदार लगेगा। सी.डी. की भी पोल खुलेगी...और मैं वह खेल जो वहाँ अनायास ही बन गया उसमें शामिल हो गया। सी.डी. को अपना 'स्पेशल-पे' वाला काम समझाया।

"वह तुम्हारे बारे में क्या सोचता है?" सब कुछ सुनने के बाद सी.डी. ने पूछा।

यह एक बड़ा मुश्किल सवाल था। केशवदास मेरे बारे में क्या सोचता है...इतने दिनों से इस सवाल से ही तो मैं उलझा चला आ रहा था। केशवदास अब सोचता होगा मेरे बारे में—उसके रास्ते का रोड़ा, एक बेवकूफ आदमी, नालायक अफसर...थोथा...एकदम अनुपयोगी और भी बहुत-कुछ। मेरे नाक-नक्श भी इधर उसे चुभते ही रहते होंगे।

"कुछ खास अच्छा नहीं..."

"तो शायद तुम्हें ले जाना ठीक नहीं होगा, लेकिन तुम्हारा काम हो जाएगा।"

मुझे काम से ज्यादा दिलचस्पी तमाशा देखने में थी और मैं जिद कर बैठा कि मेरे सामने ही बातें होनी चाहिए। मैंने कहीं से सी.डी. के आत्मविश्वास को चुनौती दी थी, इसलिए उसे तैयार होना पड़ा।

अगले कुछ ही दिनों में उसका फोन आया, शाम को मुझे चैम्सफोर्ड क्लब पहुँचने के लिए कहा।

जब मैं पहुँचा तो वह बाहर ही मिला, थोड़ा बेचैन-सा दिख रहा था जैसा वह अमूमन होता नहीं है। मुझे करीब-करीब घसीटते हुए बगल के रास्ते से सीधा लॉन की तरफ ले गया।

"एक टी-पार्टी अन्दर चल रही है...केशवदास आया हुआ है, उसे पकड़ूँगा तुम इधर ही रहना..."

उसने एक कोकाकोला मेरे लिए मँगा दिया और खुद अन्दर चला गया। मैं लॉन के ऊपर की जगह पर बैठा हुआ कोकाकोला सुड़कता रहा। कुछ दूर हटकर एक ताश की मेज जमी हुई थी...सबके सब बूढ़े थे, एक सरदार भी ऐनक लगाए झुका हुआ था। मैं उसे जानता था, दिल्ली के सभी लोग उसे जानते थे क्योंकि वह हर जगह आगे की सीट पर धँसा होता था—मुशायरे से लगाकर दंगल तक।

लॉन पर दोपहर की मेज़ें अब भी पड़ी हुई थीं...ज्यादातर खाली। सामने सुनसान 'स्वीमिंग पूल' था जहाँ गरमियों में बेतहाशा चहल-पहल हो आती है। बाईं ओर के पेड़ के नीचे का गोल चबूतरा भी खाली था। दोपहर के लोग जा चुके थे और शाम के अभी नहीं पहुँचे थे।

मुझे काफी अकेला लगा।

सी.डी. थोड़ी देर में टहलता हुआ आया और मेरे बगल में पड़ी कुर्सी पर बैठ गया!

"अभी चल रही है, थोड़ी देर में खत्म हो जाएगी।"

"क्या प्रोग्राम है?" मैंने पूछा।

"उसे पकड़ लूँगा...यहाँ बैठकर कुछ दारू वगैरह चलेगी, और फिर चलते-चलते उससे 'हाँ' करवा लूँगा...साला जाएगा कहाँ!"

उसकी स्ट्रैटजी उतनी साधारण थी कि स्ट्रैटजी ही नहीं थी और उसमें ही यह सोच लेना कि वह केशवदाम जैसे लोगों को फाँस सकता है, एक वैसा भ्रम था जिसे सी.डी.—जैसे लोग ही पाल सकते हैं।

"वह पीता भी है?" मैंने पूछा।

"पीता...? ढकोसता है ढकोसता...पीपे-के-पीपे...देखा नहीं उसका शरीर...चेहरा और उँगलियाँ ?"

"पीता था...पर अब छोड़ दी है।"

"छोड़ो..." उसने अपना पंजा हवा में लहराया।

"नहीं, कुछ दिनों घर पर उसने मुझे तो एक पैग दी थी पर खुद मुकर गया था यह कहकर कि वह छोड़ चुका है।"

"ऐं...तब वह तुम्हारे साथ कुछ नखरे करेगा।"

वह कुछ सोच में पड़ गया। कुछ सोचता हुआ फिर अन्दर हॉल में घुस गया...उस तरफ गया होगा जहाँ पार्टी चल रही थी।

मैं कुछ देर तो बगल में बैठे एक सज्जन से बातें करता रहा...इधर-उधर की...हम दोनों की तरफ से यह कोशिश कि एक-दूसरे का परिचय तक न खुले, वह भी कोई सरकारी नौकर होगा। थोड़ी देर में वह आदमी उठकर चला गया। 'इवनिंग न्यूज' का टुकड़ा जिसे वह कुर्सी पर छोड़ गया था मैं उसे उठाकर चाटता रहा। यह भी जल्दी खत्म हो गया। अब मेरे पास करने को कुछ नहीं था। कुछ देर इधर-उधर ताकता रहा, फिर उठ खड़ा हुआ।

लॉन पर उतरकर मैंने दो-तीन चक्कर लगाए, कई बार हॉल के अन्दर झाँका। वहाँ सीधे और सूने रास्ते के अलावा कुछ और नहीं दिखाई दिया। एकाएक अन्दर दहशत की पतली झिल्ली कुनमुनाती-सी लगी...वह खेल कहीं से गम्भीर बनने लगा था। सी.डी. को आना चाहिए था, कम-से-कम मुझे बता तो जाता। मुझे ऐसा लग रहा था कि वे अब आनेवाले ही थे और मुझे यहाँ दिखना नहीं चाहिए था, नहीं तो हमारी चाल एकदम साफ हो जाएगी और केशवदास काफी उलटा-सीधा सोच डालेगा।

मैं वहाँ से फौरन चले जाने की सोच गया, एकदम भाग निकलूँ। जहाँ तक पार्टी अब भी चल रही थी। वे हॉल की ही तरफ से इधर आएँगे...या क्या पता पार्टी खत्म हो चुकी हो और वे सब उधर के ही किसी रास्ते से निकल गए हों...या हॉल में ही कहीं कोने के सोफे पर बैठ गए हों और अब तक कुछ चलने-चलाने भी लगा हो। यह तो तय था कि केशवदास दारू लगाए बगैर क्लब से जाएगा नहीं, यह भी

निश्चित था कि वह सी.डी. जैसे किसी मुर्गे की तलाश में होगा कि मामला मुफतौअल चले। ऐसा बिलकुल हो सकता था कि केशवदास हाथ साफ कर फिर निकल भागे। सी.डी. को वह पिछली बार भी बुद्धू बना चुका था।

मैंने उसी रास्ते से बाहर निकल जाना ठीक समझा जिधर से आया था।

मैं दरवाजे के थोड़ा-सा इधर था कि वे पासवाली गैलरी से उस लम्बी जगत पर आ निकले जिसके दूसरे कोने पर मैं अभी तक बैठा रहा था। मुझे लगा मैं पकड़ लिया गया था पर तब सहमे होने की बजाय मैं विक्षिप्त ज्यादा था। केशवदास ने अपनी ढीली-ढाली पोशाक डाली हुई थी और वह अपनी आम अकड़ में था। उसके साथ एक और था...पीछे-पीछे सी.डी. एक सियार की तरह चला आ रहा था।

मैं एक किनारे खड़ा हो गया जैसे सामने से हाथी आ रहा हो। सोच सकता हूँ कितना हास्यास्पद लग रहा होऊँगा...इससे तो अच्छा था कि मैं आगे चलता चला जाता, एक छोटी-मोटी 'गुड इवनिंग' लगाकर। मैं शायद उस शाम की अपनी साजिश से स्वयं आक्रान्त हो आया था। अब वह खेल कतई नहीं रह गया था। मैंने केशवदास को काफी उलझे हुए ढंग से देखा। उसे भी कुछ ताज्जुब हुआ।

मेरी बेहूदगी कहिए या कहिए कि मेरा दिमाग काम करना बन्द कर चुका था...मैं बाहर निकलने की बजाय वहीं चहलकदमी करने लगा। वे सामने चलते हुए पेड़ के नीचेवाले गोल चबूतरे पर जा बैठे। सी.डी. भी बैठा था, बेयरे को ऑर्डर देने के बाद भी वह बैठा रहा। यह निश्चित हो गया कि उस बैठक में मुझे शामिल करने की हिम्मत सी.डी. में नहीं थी। वह काफी डरा हुआ दिखता था और कुछ अपराधी-सा महसूस करने का भाव उसके चेहरे पर साफ-साफ उतरा रहा था कि आया तो था मेरे साथ और जा बैठा केशवदास को लेकर...मुझे ठीक सामने ऐसे उपेक्षित करते हुए, जैसे मैं एकदम अपरिचित व्यक्ति था।

मुझे ऐसा लगा जैसे मैं वहाँ काफी देर से यों ही घूम रहा हूँ और वे मुझे ऐसे ही काफी देर से देख रहे हैं। मैंने इधर-उधर नजर दौड़ाई—लॉन पर अब भी इधर-उधर एक-दो कुर्सियाँ पड़ी थीं, बाकी बेयरे अन्दर ले जा चुके थे। मैं एक पर जाकर बैठ गया। मेज न होने की वजह से वहाँ बैठना कुछ बेतुका लगा। एक बेयरा लगभग दौड़ता हुआ गोल चबूतरे की तरफ जा रहा था, मैंने उसे रोका...अपने लिए सिगरेट के पैकेट का ऑर्डर दे दिया। उससे मेज लाकर लगाने को कहना भूल ही गया।

शाम का धुँधलका गहरा हो आया था और गोल चबूतरे पर बैठे उन लोगों की आकृतियाँ अब उतनी साफ-साफ नहीं देखी जा सकती थीं...वे धब्बों से थोड़ा ऊपर की चीज रह गए थे। इधर-उधर लाइनें जरूर दिखती थीं और कोशिश करके पहचाना भी जा सकता था कि कौन-कौन हैं...पर वे क्या कर रहे हैं, यह सिर्फ भाँपा-भर जा सकता था।

केशवदास! आदमी के चमड़े का वह लोंदा बेंत की पतली कुर्सी पर से पतले गोबर की तरह अब चबूतरे पर बह रहा था, बहकर थोड़ी देर में नीचे भी आ जाएगा...लॉन को खराब करता हुआ यहाँ तक आकर मेरी पैंट भी खराब कर देगा। मेरे कान 'हाँ मि...अब आप आइए'...फिर सुनने को तैयार थे—कमबख्त ऐसे बुलाता था जैसे बावर्ची आलू को काटने के लिए उठाता है।

काश, उस वक्त वहीं मेरे साथ रेशमा होती...मैं उसे स्वीमिंग पूल ले जाने की सोचता...शाम के इस गहराते अँधेरे में...और केशवदास की आँखों के ठीक सामने!

मेरे माथे की नसें, रबड़ की नसों की तरह खिंची हुई थीं...आर-पार। उस शख्स से किसी भी तरह की अपेक्षा रखना मैं कब का छोड़ चुका था। वह मेरा ठीक ऊपर का अफसर भी नहीं था कि मैं उसका हर जगह और बराबर खयाल रखूँ...फिर भी उस 'आदमी' को मुझे इस तरह झेलना पड़ता है...वह भी जब वह कम-से-कम बीस गज की दूरी

पर था। अगर मैं उसके पास की किसी कुर्सी पर होता तो...

उस माहौल से निकल भागने की जोरदार तबीयत फिर हो आई। मैं सी.डी. की तरफ बढ़ गया, करीब दस फीट की दूरी से ही मैंने कहा, "सी.डी., मैं अपने भाई का इन्तजार कर रहा था, अगर इधर आए, तो कह देना मैं गया..."

वह बात वहाँ कुछ उखड़ी-उखड़ी ही चिपकी। केशवदास मुझे कुछ घूरकर देखता रहा।

उसे सफाई की जरूरत क्या थी...यों ही चला आता, पर इस साले सी.डी. को क्या हो गया—मुझे ले जाकर केशवदास से न भी मिलता तो इस समय तो कम-से-कम पूछना चाहिए था, बैठने के लिए एक बार तो कहना चाहिए था। मैं खुद ही मना कर देता।

मैं जानता था कि सी.डी. अब मिलेगा तो दस तरह की बातें करेगा—मुझे यह नहीं करना चाहिए था वहाँ, सामने यों नहीं दिखना चाहिए था...केशवदास बड़े उखड़े मूड में था...वगैरह-वगैरह...

सी. डी. तीसरे रोज मेरे पास आया। गुस्से में होने के कारण मैंने भी अपनी तरफ से फोन नहीं किया। उसे पाते ही मैं बरस पड़ा—यह ठीक था कि वह मेरे काम से ही गया था लेकिन उसे यह नहीं भूलना चाहिए था कि वह क्लब मेरे साथ गया था। वहाँ उसने केशवदास को देखा और मुझे भूल गया...फिर जब मैं सामने भी पड़ गया तो सी.डी. ऐसे दिखाता है जैसे मुझे जानता ही नहीं। हम तीनों साथ बैठ सकते थे। काम की बात वह फिर कभी कर लेता। मेरा इस तरह अपमान करने का उसका क्या हक़ था...सी.डी. को भी अन्दाज नहीं हो सका था कि मुझे उसका व्यवहार इतना खराब लग जाएगा। सच बात यह थी कि केशवदास से मेरे सम्बन्ध देखते-देखते ही इतने

बिगड़ गए थे कि अब मैं उसे देखते ही उत्तेजित हो बैठता था।...इस उत्तेजना को फौरन ही प्रकट हो जाने का जब रास्ता नहीं मिलता था तो वह भीतर भचभच करती रहती। मेरा चेहरा कुरूप हो जाता और मेरा व्यवहार ऐसा अजीबोगरीब...कि किसी को भी साफ अस्वाभाविक दिखाई दे। मुझे अब यह निश्चित हो गया था कि मैं भयंकर रूप से हीनभावना से ग्रस्त था। कितनी ग्रन्थियाँ थीं मेरे भीतर कि केशवदास को देखते ही चहचहा बैठती थीं...

वही केशवदास जो मुझे दिल्ली लाया था, जो मेरा मददगार था, जो कल तक मुझे इतना स्नेह देता था, आज भी जिसके परिवार से मेरा मिलना-जुलना था, जिसके घर बेरोक-टोक आना-जाना था।

सी.डी. मेरी भड़भड़ाहट को सुनकर सिर्फ हँसता रहा, हँसता चला गया। अपनी तरफ से रत्ती-भर सफाई देने की जरूरत उसने नहीं समझी। कहीं-कहीं मेरी बौखलाहट देखकर उसे खासा ताज्जुब हुआ।

"तुम्हारा काम बन गया..." मैं जब अपनी भड़ास निकाल चुका तो उसने विजयभाव से कहा। वह जानता था कि वह एक वाक्य मुझे चुप कर देगा, मेरे सारे क्रोध को सोख लेगा...और वाकई वही हुआ। मैं एकदम अचरजवाले 'हैं!' से सरककर 'हैं...हैं...' वाली मुद्रा में गुजरता हुआ। 'हा...हा' वाली स्थिति में आ गया।

"पर यार...तुम मुझे भी तो बैठने को कह सकते थे वहाँ?" मैंने कहा।

"अरे भैया, देखो न...अपन को काम कराना था न, तो काम पर नजर रखना चाहिए कि यह बैठना-उठना...यह तो जब चाहे हो सकता है। तुम केशवदास के साथ बियर पीना चाहो तो वह भी कौन बड़ी बात है...जब कहो, साला भागता चला आएगा...काम हो गया तो अब कोई चिन्ता की बात नहीं है।"

सी.डी. फिर डींग हाँकने लगा...केशवदास के साथ उस दिन कैसा गीदड़ बना बैठा था। जो भी हो, सी.डी. के सफल व्यक्ति होने

का एक सूत्र तो आज हाथ आया—वह जब भी कोई काम हाथ में लेता तो सिर्फ उसी पर नजर रखती था। उसके दोस्त की या कि उसकी ही तौहीन क्यों न हो रही हो...इस सबका उसे कोई खयाल या मलाल नहीं होता था।

"उस समय भी मैं तुम लोगों के साथ बैठ जाता तो काम कैसे रुक जाता...यह मेरी समझ के बाहर की बात है। मैं कोई अछूत हूँ क्या?..." मैंने अपनी बची-खुची खराश उगली।

"केशवदास को मैंने चाय पार्टी के फौरन बाद पकड़ लिया। वह पीने के लिए बैठने को फौरन तैयार हो गया। तुम सामने दिखे तो मैंने उससे हलके से पूछा भी कि तुम्हें भी बुला लूँ...तो जानते हो वह क्या कहता है...बोला कि तुम उससे काफी जूनियर अफसर हो और इतने जूनियर लोगों के साथ वह शराब नहीं पीता। अब मुझे क्या मालूम यार कि यह जूनियार्टी-सीनियार्टी इतना चलती है। इसलिए जब तुम मेज पर आ भी गए तो मैं चुप लगा गया...क्या करता...अब देखो भाई! काम तो कराना ही था न..."

मैं माथा पीटकर रह गया। क्या यह वही केशवदास था जिसके साथ मैं उसके घर पर भी कई बार पी चुका हूँ, तो मेरे सामने कपड़े बदलता है। आखिर इस दिखावे के बगैर भी तो चल सकता है। हम तीनों साथ बैठकर भी काम की बात कर सकते थे...या वह यह कह देता कि वह काम की बात यहाँ नहीं करेगा...या यही कि 'स्पेशल-पे' वाली पोस्ट मुझे नहीं मिलेगी...बात खत्म। सीधे-सीधे सच ही कह डालता कि वह मुझसे खफा है, इसलिए...

"तुम कहते हो काम हो गया...उसकी बातों से तुम्हें ऐसा लगा...या कि उसने शराब के नशे में तुमसे हलका-सा वायदा कर दिया और तुमने मान लिया?"

"मैं कच्चा काम नहीं करता गुरू!"

और सी.डी. ने अपनी जेब से एक करीने से तह किया हुआ

कागज निकालकर मुझे पकड़वा दिया। मैंने खोलकर पढ़ा—उसमें वाकई 'स्पेशल-पे पोस्ट' पर मेरी नियुक्ति के आदेश थे...सिर्फ मेरे नहीं, दो-तीन और आदेश भी, ताकि किसी को यह भी न लगे कि आदेश सिर्फ मेरे लिए किए गए थे। मैं हैरान था...खुश भी। यह सी.डी. तो वाकई अलादीन का जिन्न था।

"अब इसे तो मानोगे न...मैंने क्या कहा था?"

मैं निरुत्तर था, जहाँ मैं महीनों से घिसघिस किए जा रहा था, वहाँ सी.डी. एक दिन में हाथ मार लाया।

"लेकिन यार, यह हुआ कैसे, और इतनी जल्दी?"

"क्या करोगे जानकर...तुम्हारा काम तो हो गया...ये आदेश सरकारी चैनल से तुम्हारे पास एकाध हफ्ते में पहुँच जाएँगे...यह मेरी कॉपी है..." सी.डी. ने कागज मुझसे वापस ले लिया।

"तुम्हारी कॉपी?" वह एक व्यापारी...बाहर का आदमी उसके लिए कॉपी क्यों जाएगी भला...मैं हैरान था।"

"मैंने कहा न, मैं कच्चा काम नहीं करता। यह कॉपी मेरे इत्मीनान के लिए। अब इसी की कॉपियाँ तुम लोगों तक पहुँचेगी...तभी तुम नई जगह 'ज्वाइन' कर सकोगे।"

"पर यह हुआ कैसे यार...कमाल है!"

"कुछ कमाल नहीं है। मैंने उससे सीधे-सीधे बात की—यह करना है, खर्चा बताइए। मैं जानता हूँ...वह लाइन का आदमी है। उसने कहा 'पाँच हजार...' मैंने कहा—'डन'। चलते समय उसकी जेब में गड्डी डाल दी और कहा—'मुझे ऑर्डर कल चाहिए'। उसने कहा चार बजे दफ्तर आकर ले जाइए...एज सिम्पिल एज दैट...अरे, ये सब साले अपनी मुट्ठी में रहते हैं।"

मुझे जैसे बिजली का झटका लगा...केशवदास को मैं ईमानदार अफसर कभी नहीं समझता था लेकिन वह मेरे लिए पैसे माँगेगा, पैसे घसीट भी ले जाएगा? जब वह दिल्ली लाया था तब तो इससे भी बड़ा

मौका था, मैं वाकई तकलीफ में था...लेकिन तब शायद उसका यह खयाल रहा हो कि मुझे 'फील्ड' में रखेगा और मुझसे लोगों के काम कराकर उनसे पैसे खाता रहेगा। वह नहीं हुआ तो उसे मुझे हटाना था ही वहाँ से...मैंने भी प्रार्थना की थी। एक पत्थर से दो चिड़ियाँ मारना इसी को कहते हैं...चलते-चलते वह पैसा भी बना गया और मजाक कि मैं खुश, सी.डी. खुश और केशवदास भी खुश!

"तुम यार...मुझसे पूछना तो चाहिए था रुपए खर्च करने से पहले।" इतने खर्च लायक काम भी तो हो...सुनो, तुम रुपए वापस ले लो...मुझे नहीं चाहिए यह तैनाती..."

"तुम तो बच्चे हो यार...कमाल करते हो...जैसे वह दे देगा...अब तो यह आदेश रद्द कराने के लिए भी पैसे लेगा..."

ऐसा होता है...यह मैंने सुन रखा था, लेकिन मैं विषय होऊँगा, मेरे लिए रुपए चलेंगे...यह अनुभव मेरे लिए विचित्र था। मेरे जबड़े चिपक गए थे, मुँह का स्वाद अजीब हो गया था। आँखें फटी पड़ रही थीं जैसे मेरे सामने एक क्षण में ही किसी ने पहले का इतना कुछ मिटा दिया था—केशवदास से मेरी मुलाकात, उसकी मुझे देखकर वह ताजी-ताजी प्रतिक्रिया...'आप-जैसों को तो दिल्ली में होना चाहिए' उसके घर में मेरा जाना-आना, मिसेज केशवदास से कितनी तरह की बातें...रेशमा...। अब स्लेट काली थी...पूरी काली भी नहीं, मिटी खड़िया की सफेदी छूटी हुई थी वहाँ...स्लेट का रंग न इधर का न उधर का, अजीब-सी किसकिसाहट...

स्पेशल पे वाली जगह तो मिल गई, मैंने नई जगह पर काम भी करना शुरू कर दिया लेकिन मेरे अन्दर की सारी हवा निकल गई थी, हर क्षण पिचका-पिचका महसूस करता।

उन दिनों दरख्तों से पत्ते झरते देखते रहने का मन करता...हवा उन्हें कैसे बुहारती हुई ले जाती है, इधर-उधर किधर भी। उस वक्त मेरा खालीपन गहराकर और फालतू-सा हो जाता, आँखें वीरान सड़कों पर ही जमी रहतीं।

वह दुख या उदासी नहीं थी कि एक सम्पर्क टूट गया था, एक सम्बन्ध खत्म था या अब केशवदास से मैं व्यक्तिगत स्तर पर मिलकर भी सामान्य नहीं रह सकता था, स्टेज पर उसका कोई प्रतिरूप देखकर भी बौखता उठता। वह एक अपनी तरह का खालीपन था—जैसे केशवदास के व्यक्तित्व से आक्रान्त था अब तक और अब वह मुझसे उतरकर कहीं अलग गिर रहा था तो मैं एकदम बेकार हो आया था।

शायद वह मेरी प्रकृति ही थी कि कोई-न-कोई लड़ने के लिए चाहिए था सामने। मैं लगभग हर स्थिति में खुद को केशवदास के मुकाबले बैठाता रहा था और कुढ़ता रहा था...वरना तो उन 'परिस्थितियों में कहीं कुछ ऐसा नहीं था कि आदमी इस तरह दिनों, हफ्तों और महीनों उलझा रहे, उस सारे उलझाव का फालतूपन महसूस करते हुए...

अब मैं एक और चीज महसूस कर रहा था—अपनी आम दिनचर्या में आ दुबका था और उसमें थोड़ा सुखी भी था...आदमी अगर सिर्फ नहाता, खाता, सोता रहे तो आराम से काट सकता है...इन सारी छोटी-छोटी क्रियाओं में न केवल व्यक्ति को लिप्त करने की खासी ताकत है, वे इसके भी आगे कुछ हैं। ये आदमी को जीवन से कुछ-कुछ पूरे और सन्तुलित ढंग से जोड़े रहती हैं। मस्तिष्क के स्तर पर ज्यादा उलझकर हमारा यह नैसर्गिक जुड़ाव टूट जाता है।

मैं इस साधारण धरातल पर खुश था...कुछ उसी किस्म की खुशी थी यह जो एक लम्बे धूल-भरे सफर के बाद नहा डालने से मिलती है। काश, मैं इसी स्तर पर, ऐसे हलके-फुलके ही हमेशा रह सकता...लेकिन भीतर का सब कुछ जब तक पूरा-का-पूरा न उलिच जाए, वैसी सरलता भी कहाँ आ पाती है।

एक शाम मैं अपने फ्लैटवाली उस बड़ी इमारत से नीचे उतर रहा था, सीढ़ियों का मजा लेते हुए करीब-करीब दौड़ता हुआ...कि रचना सामने आ गई। वह सिर नीचा किए थोड़ा साड़ी को उठाए हुए पहली सीढ़ी चढ़ने की तैयारी कर रही थी। मुझे देखकर उसने अपना उठाया कदम वापस ले लिया था और बड़े ही संयत ढंग से अब सीढ़ियों की जड़ पर खड़ी थी।

"कहिए...यहाँ कैसे?" मेरे मुँह से निकल गया।

मैं मुस्कराया था, वह एक चौंकती हुई मुस्कराहट रही होगी उस रोज। मेरे अन्दर ढेर सारा आत्मविश्वास था जो अमूमन रचना या केशवदास के सामने नहीं होता। यह इसलिए कि उन सारी बातों से मुक्त हो रहा था और अब काफी स्वस्थ था।

काला शॉल ओढ़ रखा था उसने। कुछ किताबें चिपकाए हुए थी—एक छात्रा की मुद्रा में। वह काफी थकी-थकी दीखी उस वक्त... थकान में एक तरह से उसका सारा कुछ डूबा हुआ था, ऊपर से नीचे तक। एक मासूम सरलता भी जाने कहाँ से आकर उस पर गोट-सी चढ़ी हुई थी, जबकि उसके व्यक्तित्व में सरलता नाम की चीज मैं आज तक नहीं ढूँढ़ पाया था। 'ग्रेस' शायद इसी को कहते हैं, जो उसके व्यक्तित्व में अब धीरे-धीरे उग रही थी। मैं सोच रहा था कि उसके गदराए शरीर से ज्यादा आकर्षक था वह तत्त्व। किताबों को जो हाथ पकड़े हुए था उनकी बाँह शॉल के बाहर झाँक रही थी। उसका वह हिस्सा, जो बाँह को कोहनी से जोड़ता है, बेहद प्यारा लगा तब।

"ऑफिस से लौट रही हैं?"

मैं फिर पूछ गया। मेरे पहले सवाल का जवाब उसने एक खामोश मुस्कराहट में दिया था...सिर्फ मुस्कराहट जिसमें प्रश्न और उत्तर की सम्भावना दोनों को ही घोलकर गायब कर दिया था उसने। मुझे बताने की जरूरत भी नहीं थी कि वह उस इमारत में क्यों आई है या कहाँ से आ रही है।

"हाँ, काम बहुत हो जाता है, आजकल..."

"आप थकी दिखती हैं, लिफ्ट क्यों नहीं ले लेतीं ऊपर जाने को..."

"लिफ्ट के लिए इन्तजार करने का धैर्य मुझमें कभी नहीं था, जब उस इमारत में रहती थी तब भी सीढ़ियाँ ही इस्तेमाल करती थी।"

उसके बाल रूखे और उड़े-उड़े थे। शायद रास्ते में उड़ती धूल की वजह से। हाथ नंगे थे। कभी-कभी एक हाथ में कड़ा पहने होने का जो भोंड़ापन उस दुबले हाथ पर छाया होता था, वह भी वहाँ नहीं था। गले में सिर्फ एक जंजीर थी जिसके बीच उसके गले के नीचे की चिकनाई बड़ी मासूमियत से उभरती थी। चेहरा उतना चिकना नहीं था लेकिन जंजीर के आस-पास, नीचे...अब भी वही चिकनाहट थी जो ट्रेनिंग कॉलेज में उसके चेहरे पर लबालब थी।

"मेरे यहाँ तो नहीं ही आई होंगी..."

वह फिर मुस्कराकर बात को टाल गई। अपने किसी पुराने मुलाकाती से मिलने आई होगी। मुझे हलका-सा अफसोस हुआ कि वह यहाँ से जा चुकी थी।

"कभी आइए न मेरे यहाँ भी..."

वह बात उतनी ही औपचारिक बैठी जितनी लगती थी। उसने 'स्योर' कहने के अन्दाज में फिर हलके-से अपने होंठ हिलाए और साथ ही सिर थोड़ा-सा बाईं तरफ घुमा दिया।

शायद वह चल देती पर मैं वहाँ अड़ा खड़ा था, उस पर बड़ी ही प्रशंसात्मक नजरें फेरता हुआ। मैं उसकी बाँहों और गले की चिकनाहट थोड़ी देर और देख लेना चाहता था।

"आप किधर जा रहे थे?"

उसने मुझे रास्ते से तब भी न हटने की याद दिलाई होगी।

"कोई खास जगह नहीं...इधर-उधर घूमना...चलिए, एक कप कॉफी पिएँ..."

मैंने झटके में कह डाला, सोचता तो हिम्मत वगैरह बटोरने की बात पहले उठती।

"नहीं, फिर कभी..."

"क्यों, क्या जल्दी है?"

तब मुझे वे खत याद आ रहे थे जो वह कभी लिखा करती थी मुझे—डियर लॉर्ड बर्नर्ड माय डियर 'बनी' प्यार वाला वह नाम जो फैनेला ने दिया था। भावनाओं की वे कुरेदें कहाँ थीं...कैसे यो साफ हो जाती हैं जीवन से, देखते-देखते...या क्या पता अवशेष रचना में भी हों, जैसे कि मुझमें थे। एक अजीब कोमलता में मैं पिघल रहा था और जहाँ तक उसे तब काफी स्निग्ध नजरों से देख रहा होऊँगा।

"कहाँ जाना है?"

"कहीं नहीं...यहीं मिसेज शर्मा तक..."

"तब फिर क्या है, आइए थोड़ी देर को।"

वह एक तरह से पकड़ ही ली गई। मैं जानता था कि मिसेज शर्मा से उसकी बिलकुल नहीं बनती, बन भी नहीं सकती थी। वह जरूर कहीं और जा रही थी जो वह बताना नहीं चाहती होगी।

"आप थक गई होंगी..." वह सीढ़ियाँ चढ़ते वक्त कुछ पीछे रह गई तो मैंने पूछा।

"नहीं, मुझे आदत है..."

मैं आगे-आगे जा रहा था। अन्दर की धुकधुकी बढ़ गई थी, कुछ सीढ़ियाँ चढ़ने की वजह से। हलका-सा डर यह भी था कि कहीं कोई देख न ले...

"लिफ्ट ले लेते तो अच्छा था..." मैंने कहा।

वह एक फालतू बात थी, कुछ भी कहकर मैं अपनी अचकचाहट दबा रहा था या रास्ता तय करने के लिए कुछ भी कह रहा था।

"यह तो अमरू का कमरा है,.."

जब मैं चाभी लगाने लगा तब उसने कहा। मैं उसे अनायास ही

इधर ले आया था, यह तो नहीं कहा जा सकता पर यह सच है कि इस किस्म की मेरी कोई पूर्व योजना नहीं थी। हो सकता है, उसी में खोया-खोया जब मैं एक-दो सीढ़ियाँ गलत चढ़ गया होऊँगा तब यह साजिश पैदा हुई हो...और उससे आज अकेले में होने की बलवती इच्छा के आगे मैं ढहता चला गया होऊँ। कुछ अपने को उस वक्त दिलासा जरूर दी थी मैंने कि उससे बातें करूँगा, उसे केशवदास के प्रति खबरदार करूँगा, उसके मिसेज शर्मा के साथ जो चक्कर हैं, वह भी बताऊँगा...और इस सबके लिए मुझे एकान्त की जरूरत थी...उसके ही हित में। शायद यह आशंका भी काम कर गई थी कि मेरे कमरे की तरफ मेरे अड़ोसी-पड़ोसी मिल सकते थे।

"आजकल यहीं लिखता-पढ़ता हूँ, सोचा, आपको अपने ही माहौल में बिठाकर कॉफी पिलाऊँ।"

वह इत्मीनान से अन्दर आ गई, बेकार का अधकचरापन उसमें कभी नहीं था।

"बैठिए..." मैंने कुछ बिखरी हुई पत्रिकाएँ समेटते हुए कहा। उस कमरे में अभी तक एक बार भी नहीं बैठा था, सिर्फ सुबह सफाई कराते वक्त जरूर अमरू की ही पत्रिकाएँ कुछ उलटता-पलटता रहता था...आज उन्हें वैसा ही छोड़ गया था, जल्दी में।

वह एक कुर्सी पर बैठ गई और अपनी किताबों को उसने बगल में रखी तिपाई पर रख दिया।

"अच्छा बोलिए, कॉफी लेंगी या चाय, आज खिदमत करने का मौका मुझे दें।"

"छोड़िए, क्यों तकलीफ करते हैं बेकार। थोड़ी देर ऐसे ही बैठते हैं...फिर मुझे जल्दी जाना भी है।"

"तकलीफ क्या..."

मैं कुछ घबरा गया था, घबराहट छिपाने के लिए किचिन में जल्दी ही घुस गया और स्टोव जलाकर दो कप पानी चढ़ा दिया। उसके बाद

ही मुझे लगा कि चाय या कॉफी है भी...यह तो देखा ही नहीं—तो अपनी बेवकूफियों पर हँसी आ गई।

कॉफी नहीं थी पर चाय थोड़ी पड़ी थी, दूध एकदम नहीं था। खैर, इससे सरोकार हम दोनों को नहीं था कुछ खास...मैंने खुद को बटोरा और वाकई जब मैं किचिन के बाहर आया तो उतना घबराया नहीं था।

वह अपनी ही कोई किताब पलट रही थी।

"अब तो आप जब से इस दफ्तर में आ गईं, मुलाकात ही नहीं हो पाती।"

"हाँ, थोड़ा दूर तो है...पर आपके घर से तो काफी पास है।"

घर आने के बाद मैं उसके दफ्तर नहीं आता क्योंकि तब वहाँ केशवदास होगा, मैं कहते-कहते रुक गया। यह कोई अच्छी बात नहीं लगी कि उसे बुलाकर इस तरह उसे कोई ठेस पहुँचाता। वह बात उससे कभी मैं ऑफिस में भी कह सकता था, यहाँ नहीं। अभी उससे आत्मीयता-भरी बातें करने का मन था।

"अब आया करूँगा...बड़ी किताबें लाई हैं!"

मैं उठकर उसके पास बढ़ गया और किताबों को उठाकर पलटने लगा। वह मेरे बेहद नजदीक थी। उस बन्द कमरे में मेरी धुकधुकी फिर चालू हो गई थी। उस वक्त अगर मैं कुछ कहता तो निश्चित ही मेरी आवाज काँप गई होती।

"ब्रिटिश काउंसिल लाइब्रेरी पास ही है...वहीं से ले आती हूँ, जब यहाँ थी तभी मेम्बर बन गई थी...यहाँ रहने का एक बड़ा फायदा, यह लाइब्रेरी और थिएटर है।"

मैं वहाँ ज्यादा देर न टिक सका। वापस अपनी जगह चला आया, इतना नर्वस होने पर अच्छी-खासी कुढ़न हो रही थी।

"आप क्यों नहीं मेम्बर बन जाते?"

"आप 'प्रपोज' कर देंगी?"

मैंने बात कुछ भावुक बनकर इस तरह कही कि उसमें कुछ दूसरा अर्थ भी निकले। यही वह बिन्दु था जहाँ पर वह चाहे तो मुझे खींच सकती थी...अपने पास। उसका अपनत्व...साथ मिलता तो मैं एक बेहतर इनसान बन सकता था, उस गन्दगी से तो निश्चित दूर रह लेता जो मुझमें इकट्ठा होती जा रही थी।

''क्यों नहीं, मैं तो सभी को सदस्य बनने को कहती हूँ...आप कार्ड ले आइए। उसने बाहर से सरल दिखाते हुए पर भीतर से काफी चालाकी के साथ मेरी बात की नोक को फाड़ डाला था। वह किसी को भी विशिष्ट नहीं बनने देती होगी...सबको साधारण धरातल पर इसी तरह ला पटकती होगी...जैसे ही कोई विशेष बनने की कोशिश करता होगा, एक को छोड़कर...

''केशवदास के क्या हाल हैं?''

''ठीक होंगे।''

वह मुझे 'क्या मतलब' भी कह सकती थी। उन दो शब्दों से यह जाहिर था कि वह अपने उन मामलों में न तो दखल ही चाहती थी और न किसी किस्म का सवाल-जवाब सहन करनेवाली थी। वह मेरे पैनेपन को ताड़ भी गई होगी क्योंकि केशवदास का नाम आते ही मेरा चेहरा जरूर कहीं से टेढ़ा हो गया होगा...व्यंग्य महका होगा...

''चाय छोड़िए...मैं अब चलूँगी, फिर कभी...''

''अरे, अब तो पानी भी उबल गया होगा...''

मैं नहीं चाहता था कि वह जाए, और कुछ नहीं तो बैठी ही रहे। अच्छा था कि मैंने चाय का पानी चढ़ा दिया था। मैं तो नहीं, चढ़ा हुआ पानी उसे रोक रखने की सामर्थ्य रखता था।

''मिसेज शर्मा शाम को निकलतीं नहीं, घर पर ही रहेंगी, आप फिकर करें।''

''क्यों, निकल भी सकती हैं।''

''नहीं जातीं, मुझे मालूम है...''

"अच्छा! आपको उनकी दिनचर्या में काफी दिलचस्पी है, लगता है..."

एक शरारत-भरी उत्सुकता चेहरे पर बिछाते हुए उसने कहा। शायद वह बात को मात्र दिलचस्प बनाने का पेंच था...या उसे वाकई उत्सुकता थी जानने की कि मुझे मिसेज शर्मा में किस हद तक दिलचस्पी है? एक प्रतिशत ही सही, ऐसी भी सम्भावना थी...यह खयाल ही मुझे अच्छा लगा तब।

मैं मुस्कराकर रह गया, उसने भी बात को वहीं छोड़ दिया। बातचीत के रास्ते तेजी से बन्द हो रहे थे—चाय पर बात कर ही चुका था, केशवदास पर होनी भी नहीं थी। मिसेज शर्मा पर जरूर केशवदास के प्रसंग के अतिरिक्त और कुछ बात हो सकती थी...उस क्षण ऐसा लगा जैसे मेरे पास बात करने को कुछ नहीं था...उसे जाने दिया जाए, इस खयाल से मैं चाय जल्दी लाने के लिए रसोईघर में घुस गया।

"माफ कीजिएगा, दूध नहीं है, आपको बगैर दूध के ही पिलाता हूँ।" मैंने अन्दर से ही कहा। मुझे ताज्जुब था अपने पर। अपनी बात और स्वर पर...मैं उससे ऐसे बात कर रहा था जैसे उसे वर्षों से जानता होऊँ, उसका घनिष्ठ होऊँ।

"आप क्यों परेशान होते हैं, रहने दीजिए, अभी वहाँ पीनी पड़ेगी।"

वह रसोईघर के मुँह पर आ गई थी। मैंने उसकी तरफ 'क्या वाकई' के अन्दाज में देखा और मुझे अपना चेहरा आत्मीयता में फिर एकदम पिघला हुआ लगा...जैसे मैं उसे चाहता हूँ, चाहता रहा हूँ इन तमाम दिनों...ट्रेनिंग कॉलेज से ही...वह जैसी जो कुछ थी...

"और क्या वहाँ तो लेना ही है..." वह मुस्कराकर कह रही थी।

मैंने स्टोव बन्द कर दिया, खौलते पानी में बुलबुले अब भी उठ रहे थे। स्टोव को वैसा ही छोड़कर मैं करीब-करीब उसके पीछे-पीछे रसोईघर से बाहर निकल आया। मैं उसके ठीक पीछे-पीछे चल रहा था। वह कद में मुझसे काफी छोटी थी, केशवदास की तो बच्ची लगती

होगी, उम्र और कद दोनों में ही। फिर केशवदास...एक मक्खी जो बार-बार भनभनाकर इधर आती थी...मैं उसे आज एकदम अलग कर देना चाहता था। सामने देखने लगा—उसकी गर्दन का पिछला हिस्सा कुछ खुला था, शॉल थोड़ा नीचे गिर जाने की वजह से, जंजीर की पतली लड़ इधर से गुजरती थी। मुझे उसकी बाँह का वह गदराया हिस्सा याद आ गया और मैंने उसे पीछे से पकड़ लिया।

"यह क्या करते हैं..."

मैंने गर्दन के उस हिस्से पर अपने होंठ गाड़ दिए, जैसे आँख बन्द कर सर्द पानी में डुबकी मारते हैं...मेरे होंठ एक ठंडी-मीठी मांसल सिल पर तैर गए। मेरा सारा व्यक्तित्व होंठों में सिमट आया था—उसके गालों पर वहाँ बेहद ठंडा था या मेरे होंठ ही कुछ ज्यादा जल रहे थे...

"यह क्या पागलपन है..."

वह छुड़ा रही थी। पीछे से घिसटते हुए अब तक मैं उसे बाँध चुका था। उसकी वे बातें सिर्फ औरताना थीं पर मैं कुछ-कुछ पागल जरूर हो आया था, पीछे से ही उसकी गर्दन पर सिर गाड़े हुए अनाप-सनाप बकता जा रहा था...कुछ उस किस्म की बातें जिन पर सामान्यतः मैं हँसता।

वे सब बातें सिर्फ अपनी अचकचाहट दाबने के लिए थीं, उन हरकतों की झेंप मिटाने के लिए थीं या एक माहौल बनाकर उसे फँसाने के लिए थीं?

मैंने उसे अपनी तरफ मोड़ा, उसे और चिपकाया...उसका प्रतिकार कुछ कम पड़ा था, मैं ही कुछ ज्यादा ताकत लगा बैठा था...उसे मैंने सब तरफ से चूम डाला...याद नहीं कितनी बार बाँह के उसी हिस्से को, उसकी पूरी गोलाई को अपने मुँह में भरा, बाँह को इधर-उधर कहीं से भी उठा-उठाकर।

जब ज्वार शान्त हुआ तब हम दीवार पर धँसे हुए-से थे...उसकी बाँहें उठकर मेरे कन्धों के ऊपर से मेरी गर्दन के आर-पार थीं और वह

अपने पैरों के ऊपर कुछ उठी हुई, एक तरह से दीवार पर किसी मढ़ी तस्वीर की तरह ठुकी हुई थी।

उसके शरीर में कुछ नहीं था। वहाँ सब कुछ ढीला-ढाला था, छातियों में कुछ नहीं था। बाँह पर जरूर झुर्रियों के पहले की चिकनाई उतरा रही थी...गाल पर तिल अब भी खूबसूरत था...मैंने उस तिल को एक बार फिर मुँह में भर लिया।

उसके होंठों की लिपस्टिक करीब-करीब धुल चुकी थी और उन पर होंठों की आम लालिमा होने का गुमान होता था। मैंने उसके होंठों को एक बार और चूमा...इस बार उसने भी साथ-सा दिया। कोई स्वाद नहीं आया।

अलग होकर मैं कुछ टूटा-सा महसूस कर रहा था। हलका-सा पश्चात्ताप भी था कि मैं उसकी नजरों में गिर गया था...पर वह एक बचकाना खयाल था...और यों उसकी नजरों में कुछ बनकर या उठकर भी क्या होता! हवा के एक आवारा बगूले की तरह सब कुछ उड़ गया था एक क्षण के तीखेपन में। अगर वह हवस की एक आकस्मिक झोंक थी तो मुझे उसे पूरी तरह पाने के लिए झपटना चाहिए था और यह मैं उस स्थिति में थोड़ा-सा कायदे से चलकर कर सकता था। अगर यह सिर्फ मेरे चोट-खाए अहम के लिए ही था तो एक तरह का बलात्कार था...वह भी कमबख्त अपने पूरे रूप या रूह के साथ नहीं। मुझे बीच में कहीं जाकर उस पर प्यार-सा फिर आने लगा था...

सभी कुछ आधा था क्योंकि सब कुछ आधा ही रहा था, वह सब भी जो मैं इतने दिनों से झेलता चला आ रहा था। शायद यह सब इसलिए कि हम झूठ और बनावटीपन में ही झूलते रहे। केशवदास या कि रचना से कभी भी मेरे वे सम्बन्ध न बन सके जहाँ मेरे भीतर का असली...सच...बाहर आ सकता, आकार लेता और उन तक जाता या कि उसका मुझ तक आता। एक टुकड़ा शुरुआत-भर ठीक-ठाक हुई थी—फैनेला के लिए बनती आकांक्षा और केशवदास में एक कद्रदाँ

और उदार मददगार व्यक्ति के दर्शन...ये दोनों कुछ ठहराव पा पाते तो मेरा भी कुछ अच्छा बाहर आता। लेकिन हमारी नकली दुनिया, स्वार्थ से ओतप्रोत, इस परिवेश न्ने सब कुछ पर स्याही बिखेर दी। क्या कुछ असली नहीं पनप सकता यहाँ? जी नहीं, यह सब अपनी बरबादी के लिए दूसरों को दोषी ठहराने के अलावा कुछ नहीं है। मुझी में कुछ नहीं था...तभी तो मेरा परिवेश मुझे उस तरह रँगता चला गया...

पर कहीं थोड़ा-सा कुछ हुआ जरूर था...एक लावारिस छटपटाहट जो इधर-उधर जब कभी भी घुमड़ती रहती, आखिर कहीं जाकर खुली थी और खुलकर फटी थी।

मुँह की लिपस्टिक साफ करने के लिए मैं जब वाश-बेसिन के शीशे पर झुका तो मुझे अपनी उँगलियाँ भी कुछ काँपती-सी लगीं—एकदम केशवदास की उँगलियों की तरह। मैं शीशे के सामने से हट गया...तो यह वह साँचा था जिसमें मैं ढल रहा था, क्या अब भी मैं अपने को बचा सकता हूँ?

रचना ड्रेसिंग टेबल पर बैठी काफी निश्चिन्तता से अपने बाल सँवार रही थी।

●●●